**BUCH**TALENT.
VORLEGEN. VERÖFFENTLICHEN. ENTDECKEN!

AF124765

Wie immer, für Marion.

# Peter Schlifka

# DOPPELTOD

## Kriminalroman

© 2014 Peter Schlifka

ISBN
978-3-7323-1641-0 (Paperback)
978-3-7323-1642-7 (Hardcover)
978-3-7323-1643-4 (e-Book)

Verlag: **Buchtalent** - eine Verlagsmarke der
tredition GmbH, Hamburg
www.buchtalent.de
www.tredition.de

Printed in Germany

# Personenverzeichnis

Kriminalhauptkommissar Olsen (bereits bekannt aus dem Buch „Mörderauge")

Kriminalobermeister Schulzendorfer (sein Mitarbeiter, ebenfalls schon bekannt)

Kommissar Eberhard Koschinski, streitet alles ab

Oberkommissar Möller (Leiter Rauschgiftdezernat)

Kriminalrat Mertens (Leiter des Polizeiamtes)

Kommissar Neubert (Erkennungsdienst)

Frans, de Jong (Matrose, Rauschgifthändler)

Kerstin Berthold (Leiche)

Rolf Berthold (verstorbener Bruder der Ermordeten)

Herr Frank Krüger und Frau Anneliese Krüger (sie fand die Leiche)

Dr. Miskau (praktischer Arzt, untersuchte die Tote zuerst)

Dr. Manteuffel, liebt Mordwerkzeuge (Polizeiarzt)

Ingo Lorenz (Verlobter der Ermordeten)

Luise Schulz (Mieterin im Haus Uferweg 12, Hochparterre)

Karin Neupert (Mieterin im Haus Uferweg 12, Freundin der Hauswartsfrau)

Robert Mehler „Robby" (Freund der Ermordeten und Geliebter der Neupert)

Elisabeth (Elli) Rachow, weiß über jeden etwas (Hauswartsfrau)

Petra Berthold, Mutter der Toten

Andreas Schröder, niemand mag ihn (Stiefvater der Toten)

Harry Pohl, hat ein Alibi (Mieter im Uferweg 12)

Gerald Dankert, Buchhalter der Hafenkontor AG und wichtiger Zeuge im Mordfall

Dunstig zogen die Frühnebel durch die regennassen Straßen. Von der Flussmündung wehte ein kalter, feuchter Nordostwind.

Die grauen Wolken hingen tief über der Stadt und verkündeten weiteren Regen.

Der Mann, der mit hochgeschlagenem Mantelkragen durch die Straßen eilte, war Kriminalhauptkommissar Frederik Olsen. Der „Schwede", wie er von seinen Mitarbeitern und mittlerweile auch von der Presse wegen seines Namens und seines Aussehens genannt wurde. Olsen war kein Schwede. Sicher hatte er irgendwelche nordischen Wurzeln, die ihm aber nicht bekannt waren und ihn auch nicht interessierten.

Vor ziemlich einem Jahr war er an die Polizeidirektion der Stadt versetzt worden. Strafversetzt, wie er es bei sich nannte, was er aber seinen Mitarbeitern gegenüber niemals zugeben würde. Olsen war Mitarbeiter einer Spezialabteilung gewesen, die sich hauptsächlich mit der Aufklärung von Tötungsverbrechen beschäftigt hatte. Seine Aufklärungserfolge waren legendär.

Nach der unorthodoxen und auch gegen den Willen seiner Vorgesetzten durchgeführten Ermittlung im Fall des Messermörders wurde er wieder der Mordkommission zugeteilt.

Olsen musste innerlich grinsen, als er sich daran erinnerte. Erfolg heiligt eben doch die Mittel, dachte er.

Als er das Kriminalamt erreichte, fielen die ersten Regentropfen.

Das richtige Wetter, um sich hinter Aktenbergen zu verkriechen und den Feierabend abzuwarten. Der Schreibkram war sonst nicht seine Lieblingsbeschäftigung, musste aber erledigt werden. Außerdem gelangte man nicht selten durch mehrfaches Aktenstudium zu neuen Erkenntnissen. Trotzdem stand der Hauptkommissar lieber stundenlang zur Überwachung eines Tatverdächtigen in einem zugigen Hauseingang, als eine Stunde am Schreibtisch zu sitzen.

Bevor er nun seinen Mantel ablegte, trat Olsen gewohnheitsmäßig an sein Fenster.

Noch immer nicht konnte er sich an den neuen Ausblick gewöhnen. Der Blick aus dem Fenster seines alten Büros hatte ihn viel mehr fasziniert. Führte dieser doch auf einen Friedhof.

Olsen hatte oft an diesem Fenster gestanden und Beerdigungen oder Menschen bei der Grabpflege beobachtet. Das gab ihm ein Gefühl für die Endlichkeit des Lebens und den Zweck seines eigenen Seins, wie er einmal gegenüber Kriminalobermeister Schulzendorfer anführte. Dieser hatte ihn nur ungläubig angesehen, sich aber nicht dazu geäußert.

Sein jetziges Büro war in der Einrichtung und Größe ein Ebenbild des damaligen. Nur führte der Blick aus dem Fenster auf den Parkplatz der Polizeidirektion. Bedauerlicherweise gab es dort, abgesehen von den Autos der Mitarbeiter, nichts Interessantes zu sehen. Trotzdem konnte Hauptkommissar Olsen sich nicht von der liebgewordenen

Gewohnheit trennen.

Eine Weile beobachtete Olsen noch das Herabrinnen der Regentropfen an der Scheibe, bevor er sich aufseufzend seinem Schreibtisch zuwandte. Wie jeden Morgen lagen dort im Eingangskorb die in der Nacht eingegangenen Ereignismeldungen. Gewissermaßen die in Papierform gebrachte Kriminalität einer Nacht in dieser Stadt. Im Stehen überflog Olsen mäßig interessiert die Meldungen. Es war das Übliche: Taschendiebstahl, Einbrüche, Zechprellerei, Körperverletzungen und Autodiebstahl. Und ausnahmsweise diesmal kein schwerer Raub, kein Totschlag oder Mord dabei. Von den letzteren hätte er aber sowieso schon Kenntnis gehabt.

Nur eine Meldung erregte die Aufmerksamkeit des Hauptkommissars.

Eine Meldung über eine Razzia in der Kakadu-Bar, ein ziemlich übel beleumdetes Lokal, das vorwiegend von Rauschgiftdealern und Zuhältern frequentiert wurde. Olsen las den knappen Text noch einmal. In der Kakadu-Bar hatte man den Bootsmann eines Überseeschiffes mit einem Päckchen Heroin geschnappt. Zusammen mit ihm war auch ein Mann namens Koschinski festgenommen worden. Hinter diesem Namen stand in Klammern: Kommissar im Einbruchsdezernat.

Ein Polizist, ein Kollege, verwickelt in eine solche Geschichte? Interessant, dachte Olsen. Aber nicht meine Sache. Das landet auf dem Tisch von Möller, Oberkommissar beim Rauschgiftdezernat.

Olsen setzte sich endlich hinter seinen Schreibtisch und griff nach der ersten Akte. Noch bevor er sie aufschlagen konnte, klingelte das Telefon. Ein Blick auf das Display zeigte ihm den Namen des Anrufers. Polizeirat Mertens. Olsen verzog das Gesicht. Seit seinem Aufstieg oder besser gesagt seiner Rückkehr zur Mordkommission hatte sich sein Verhältnis zum Chef zwar verbessert, aber von gegenseitiger Zuneigung konnte nicht die Rede sein.

„Sind Sie sehr beschäftigt, Olsen?"

„Es geht", antwortete Olsen knapp.

„Könnten Sie mal kommen?"

„Gleich?"

„Wenn sich es machen lässt, bitte", sagte der Polizeirat schon etwas ungeduldiger im Tonfall.

Eine Minute später hielt Olsen Polizeirat Mertens' Sekretärin zurück, als diese aufspringen und ihn anmelden wollte. „Nur keine Umstände, ich werde erwartet." Ohne anzuklopfen öffnete er die mit Leder gepolsterte Tür. Polizeirat Mertens wies auf einen der Sessel. Es entstand eine kurze Pause. Olsen spürte, wie sein Gegenüber nach einen Anfang des Gespräches suchte.

„Wissen Sie, Olsen, warum ich mit Ihnen sprechen will?", Polizeirat Mertens rieb sich unablässig die Hände. Eine Geste, für die er bekannt war und die nichts zu bedeuten hatte.

Olsen überging die rhetorische Frage. Er wartete ab.

Der Polizeirat forschte im Gesicht seines Hauptkommissars.

Er sah schütteres, strohblondes Haar, darunter ein scharfkantig geschnittenes Gesicht, einen Mund, der Entschlossenheit verriet, und zwei kühl blickende graue Augen, die an ihm vorbei zum Fenster hinausschauten.

Wenn er nur wüsste, was Olsen von ihm dachte. Der Polizeirat war im Amt alles andere als beliebt. Schon damals, als er Olsen kennengelernt hatte, fühlte er sich von ihm überrumpelt und übergangen. Zwar hatte Olsen mit seinen, wie es der Polizeirat bei sich nannte, unmöglichen polizeiunwürdigen Methoden Erfolg gehabt. Dennoch fühlte er sich diesem Unterstellten gegenüber immer etwas unsicher.

„Nein, Sie können nicht darauf kommen. Sie werden sich vielleicht wundern."

„Möglich", erwiderte Olsen gelassen. Innerlich war er allerdings nicht so ruhig, wie es den Anschein hatte. Was will der Alte nur von mir? fragte er sich.

Der Kriminalrat beugte sich etwas vor: „Haben Sie die Nachtmeldungen gelesen?"

„Das Übliche. Nichts Aufregendes, scheint mir."

„Sagen Sie das nicht, Olsen. Es hat eine kleine Aufregung gegeben. Der Referent des Polizeipräsidenten hat sich eingeschaltet, Sie verstehen…"

Olsen verzog das Gesicht. Worauf will der Alte hinaus? fragte er sich.

Laut, aber ziemlich gleichgültig sagte er: „Sie meinen die Rauschgiftsache in der Kakadu-Bar? Oder irre ich mich?"

Polizeirat Mertens hob den Blick von seinen Händen. „Nein, Sie irren sich nicht, mein lieber Olsen. Genau das!"

Es war der allzu freundliche Ton, der den Hauptkommissar stutzig machte.

„Ja", fuhr der Polizeirat vertraulich weiter fort, „es hat sich bis in höhere Etagen herumgesprochen. Ich selbst habe keine Ahnung wer sich da alles eingeschaltet hat. Ich weiß nur, dass Vorgesetzte von Kommissar Koschinski an höchster Stelle interveniert haben. Sie verstehen…"

Wieder zog Olsen es vor zu schweigen. Hoffentlich kommt der Alte bald auf den Punkt, dachte er.

Polizeirat Mertens nahm wieder das Wort. „Man fragt, warum wir diesen tüchtigen Beamten festhalten. Man spricht von übertriebener Maßnahme, von einem fatalen Irrtum der Polizei. Wenn das zutrifft, ist es für uns eine peinliche Sache. Sie verstehen…?"

Olsen hob die Schultern. „Was habe ich damit zu tun? Oberkommissar Möller vom Rauschgiftdezernat ist dafür zuständig, wenn Sie mir die Bemerkung erlauben."

„Gut, ja gewiss. Aber Oberkommissar Möller ist heute nicht zum Dienst erschienen. Er hat sich krank gemeldet."

Olsen verzog das Gesicht. Er ahnte, was da auf ihn zukam. „Das ist bedauerlich, aber immerhin gibt es noch vier Leute in seiner Abteilung. Ich möchte ungern in Möllers Ressort hineinpfuschen."

„Aber, aber, lieber Olsen, von Hineinpfuschen kann überhaupt keine Rede sein." Polizeirat Mertens stand auf, trat ans Fenster und sprach, seinem Hauptkommissar den Rücken zuwendend, weiter: „Ja, glauben Sie denn, ich würde Sie von Ihrer Arbeit abhalten, wenn ich nicht vom Büro des Polizeipräsidenten einen zarten Wink bekommen hätte." Der Polizeirat drehte sich ruckartig um. „Man möchte, dass die Angelegenheit Koschinski sehr sorgfältig geprüft wird. Und umgehend, versteht sich."

Olsen hob die Augenbrauen.

„Selbstverständlich unter Berücksichtigung des vorhandenen Beweismaterials", sagte Polizeirat Mertens schnell. „Und das scheint mir recht dünn zu sein. Wie gesagt, ich bin nur flüchtig informiert. Der Bericht der Beamten, die Koschinski gegen zwei Uhr festnahmen, ist, wie Sie selbst wissen, äußerst knapp gehalten. Die eigentliche Vernehmung des Kommissars sollte heute Vormittag von Möller selbst oder seinen Leuten durchgeführt werden. Wie gesagt, er hat sich krank gemeldet und drei seiner Leute sind bereits in anderen Sachen unterwegs."

Der Polizeirat beugte sich zu Olsen herab. „Und außerdem, ich zähle auf Ihr Können und natürlich auf Ihre Integrität."

Ohne sich die Mühe zu machen, sein mürrisches Gesicht zu verbergen, brummte Olsen: „Meine Männer sind auch unterwegs."

„Hilft alles nichts, Herr Hauptkommissar", wurde der Polizeirat jetzt dienstlich, „Wir wollen, wir müssen, schnell Klarheit haben. Es genügt, so meine ich, wenn Sie nur Koschinski vernehmen. Mit dem anderen, diesem Matrosen, können sich Kleinschmidts Leute befassen."

„Das ist nichts Halbes und nichts Ganzes", erwiderte der Hauptkommissar stirnrunzelnd.

„Machen Sie was daraus! Disponieren Sie, wie Sie es für richtig halten." Polizeirat Mertens blickte auf seine Armbanduhr. „Ich bin noch bis siebzehn Uhr im Hause. Vielleicht lässt sich die Angelegenheit bis dahin klären. Halten Sie mich auf dem Laufenden."

*

Niemand im Kriminalamt hatte Hauptkommissar Olsen jemals eilig Treppen steigen oder gar den Korridor entlangstürmen sehen.

Diesmal aber verzichtete er auf den Paternoster und stürzte geradezu die Treppe in das zweite Stockwerk hinauf und den langen Flur hinunter bis zu seinem Büro.

Von der anderen Seite des Flures, vom Paternoster her, kam Kriminalobermeister Schulzendorfer völlig durchnässt auf ihn zu.

Olsen, der schon die Türklinke in der Hand hatte, sah seinen Mitarbeiter im letzten Augenblick und wartete, bis er heran war.

„Gut, dass du kommst. Wir haben eilige Arbeit. Vernehmung in einer Rauschgiftsache."

Schulzendorfer sah seinen Chef verdutzt an. „Rauschgift? Was haben wir denn damit zu tun?", sagte er gedehnt und schüttelte ungläubig den Kopf. „Und unsere eigene Arbeit?"

„Los, komm schon herein! Es lässt sich nicht ändern. Mir gefällt es auch nicht. Ist höherer Befehl", sagte Olsen ziemlich ungehalten und hielt dem Kriminalobermeister die Tür auf.

Kurz erklärte er Schulzendorfer, worum es ging. „Ich will die Sache schnellstmöglich vom Tisch haben. Zum einen sind Rauschgiftsachen nun wirklich nicht unser Metier und zum anderen ist es nicht angenehm, gegen einen Kollegen zu ermitteln. Aber Befehl ist Befehl, also versuchen wir, es wenigstens schnell hinter uns zu bringen."

Dann scheuchte er Schulzendorfer zum Rauschgiftdezernat hinunter. „Lass dir die Unterlagen über Koschinski geben und bring das Päckchen Heroin mit."

Fünf Minuten später war der Kriminalobermeister wieder zurück.

„Eben ist einer von Möllers Leuten zurückgekommen. Ich habe ihm gesagt, dass wir mit Koschinski anfangen. War doch richtig, Chef?"

Olsen nickte. „Geh wieder runter und bleib bei der Vernehmung des anderen dabei, bis das erledigt ist. Wenn ein Geständnis vorliegt, ruf mich sofort an."

Als Schulzendorfer schon an der Tür war, rief er ihm noch nach: „Und sie sollen bei der Vernehmung Dampf machen. Der Polizeirat hätte gern bis halb fünf das Ergebnis. Und ich auch." Aber das letztere hörte Schulzendorfer schon nicht mehr.

Olsen las inzwischen den Bericht. Viel stand nicht drin. Unwillig schüttelte er den Kopf. Kürzer ging es nun wirklich nicht. Ich bin gespannt, was Koschinski und dieser Matrose uns auftischen werden, dachte er.

Er griff zum Telefon: „Lassen Sie Koschinski vorführen."

Olsen legte sich die Unterlagen zurecht, schob seine Schreibtischlampe näher zum Schreibtischrand, drehte den Schirm etwas höher und drückte auf den Lichtschalter. Ich werde ihn mir genauer ansehen...

Koschinski war groß, größer noch als der schon hochgewachsene Hauptkommisssar, dabei starkknochig und muskulös. Er hatte dunkelblondes, an den Schläfen schon stark gelichtetes Haar, eine rote Gesichtsfarbe und auffallend helle, stechend blaue Augen. Sein schmallippiger Mund kontrastierte mit einer fleischigen, zu groß geratenen Nase.

Koschinski, der in der Mitte des Büros stehengeblieben war, sah erstaunlich gelassen auf Olsen herab. Er rückte dabei an seiner Krawatte, als stünde er vor einem Spiegel. Dann schob er ebenso gelassen seinen Ärmel zurück und sah übertrieben lange auf die Armbanduhr.

„Seit halb drei morgens, das sind annähernd zwölf Stunden, werde ich widerrechtlich festgehalten, ohne mir präzise zu sagen, warum. Ich protestiere gegen diese Behandlung!"

„Setzen Sie sich", sagte der Kriminalhauptkommissar trocken.

Koschinski blieb ungerührt stehen. „Ich kenne die Polizeivorschriften und die Gesetze."

„Umso besser! Setzen Sie sich", wiederholte Olsen eine Nuance schärfer.

Koschinski setzte sich langsam auf den Stuhl, den der Hauptkommissar zuvor zurechtgerückt hatte. Selbst davon, dass er nun im hellen Lichtkreis der
Schreibtischlampe saß, schien er unbeeindruckt.

Olsen vermisste das Geräusch der aufprallenden Regentropfen. Der Regen hatte aufgehört. Trotzdem schien es, als ob die tiefhängenden, dunklen Wolken weiterhin jedes Licht verschlucken würden.

\*

Die ersten Zeilen des Polizeiberichtes begannen wie alle Polizeiberichte, die von übermüdeten Männern in der Nacht formuliert werden: Eberhard Koschinski, 17. Juli 1969 in Mohrkirch geboren, Kommissar im Einbruchsdezernat, wurde in der Nacht vom vierzehnten zum fünfzehnten in der Kakadu-Bar....

Olsen, der anfangs eine Zeitlang im Einbruchsdezernat gearbeitet hatte, konnte sich beim besten Willen nicht erinnern, diesem Mann hier schon einmal begegnet zu sein. Koschinski... Nein, diesen Namen hatte er noch nie gehört.

„Sie sind noch nicht lange hier in der Polizeidirektion?"

„Stimmt. Ich bin erst vor vier Monaten hierher versetzt worden. Und bevor Sie fragen... auf eigenen Wunsch."

„Das interessiert mich nicht", sagte Olsen abweisend. „Mich interessiert Frans de Jong. Seit wann kennen Sie ihn?"

„Frans de Jong? Kenne ich nicht. Nie den Namen gehört. Wer soll das sein, Olsen?"

„Hauptkommissar, bitte", antwortete Olsen beiläufig. Es war eine unmissverständliche Absage an jegliche Kollegialität, die Koschinski vielleicht anstrebte. „De Jong oder nicht de Jong, möglicherweise hatte der Matrose einen Spitznamen, wie das so in Rauschgifthändlerkreisen üblich ist", fuhr der Hauptkommissar gelassen fort.

„Ich weiß nicht, was Sie meinen." Koschinski zuckte die Schultern und wandte sich scheinbar gelangweilt dem Fenster zu.

„Sie wurden letzte Nacht in der Kakadu-Bar von verdeckten Ermittlern des Rauschgiftdezernats überrascht, als Sie vom Decksmann eines holländischen Frachters, nämlich Frans de Jong, ein Päckchen Heroin in Empfang nahmen."

„Das ist nur zur Hälfte richtig und noch nicht bewiesen", antwortete Koschinski ruhig und verschränkte dabei seine Arme.

„Dann erklären Sie, was richtig ist."

„Der Mann, de Jong, wie Sie ihn nennen, schob mir ein Päckchen – das angeblich Heroin enthalten sollte – verdeckt in einer Zeitung über den Tisch zu und bot es mir zum Kauf an. Er wollte fünftausend haben." Koschinski machte eine Pause und eine abwertende Handbewegung dazu. „Ich bezweifele, ob es überhaupt Heroin war."

„Wir sind sicher: Der Mann heißt Frans de Jong, und es ist Heroin", sagte Olsen, obwohl ein Gutachten darüber, ob es sich wirklich um Heroin handelte, noch nicht vorlag.

„Und wenn", sagte Koschinski geringschätzig. „Ich habe es jedenfalls nicht gewusst."

„Auch nicht annehmen können? Sie sind Kommissar, Sie kennen die Gesetze. Also was soll's", sagte Olsen scharf. „Ein wildfremder Mann bietet Ihnen, dem Kommissar – was der andere ja nun wahrhaftig nicht wissen kann, eine bedenklich große Menge Heroin zum Kauf an. Mir scheint das ein ungewöhnlicher Zufall zu sein."

„Was Sie meinen oder wie Sie darüber denken, ist Ihre Sache. Jedenfalls war es so." Koschinski überlegte. „Ja, richtig, der Mann war übrigens betrunken", ergänzte er. „Zumindest angetrunken", schränkte er ein.

Olsen rieb sich das Kinn. Auch davon stand nichts im Polizeibericht. Es war ärgerlich. Man hatte tatsächlich versäumt, das Heroin gleich untersuchen zu lassen und von de Jong eine Blutalkoholprobe zu nehmen.

Eberhard Koschinski schob den Knoten seiner Krawatte höher. Es war gewissermaßen eine demonstrative Geste. Er schien sich seiner Sache sicher.

„Ich saß mit dem Mann an einem Tisch und sah, wie viel er im Laufe des Abends trank."

„An was für einem Tisch?" hakte der Hauptkommissar ein.

Koschinski zeigte ein sorgloses Lächeln. „Was für eine Frage, Herr Hauptkommissar. An einem Tisch, wie sie in der Kakadu-Bar stehen", erwiderte er in arrogantem Ton.

„Es gibt dort Tische für vier und für zwei Personen", sagte Olsen ruhig. „Also bitte etwas genauer."

„Ich saß allein mit ihm, wenn Sie das meinen."

„Ich hätte gern möglichst alles präziser. Also gut, Sie saßen an einem kleinen Tisch. Soweit ich mich in der Kakadu-Bar auskenne, stehen die Zweipersonentische vorn an der Bühne, genauer gesagt, am Rande des Tanzparketts, das im Halbdunkel davor liegt." Olsen fixierte Koschinski. „So, und nun sagen Sie mir, Herr Koschinski, an welchem Tisch saßen Sie mit dem Decksmann de Jong?"

Olsen zog den Schubkasten am Schreibtisch heraus und kramte darin. Wie abwesend, ohne den Blick zu heben, sagte er zu seinem Gegenüber: „Lassen Sie sich Zeit zum Überlegen. Falls Sie sich nicht mehr erinnern sollten, aber das dürfte ja kaum der Fall sein, dann erkundigen wir uns in der Bar. Der Kellner und möglicherweise der Geschäftsführer werden es noch wissen. Schließlich wurden Sie beide nicht in einem leeren Hause festgenommen."

Überraschend schnell erwiderte Koschinski: „Wir saßen an dem kleinen Tisch rechts außen. Das heißt, nicht gleich von Anfang an. Ich war nämlich zuerst da. Später tauchte der andere auf, dieser de Jong, wie Sie sagen. Er setzte sich unaufgefordert an meinen Tisch. Und wir kamen, wie das so ist, ins Gespräch."

„Und dabei ging es um Heroin", warf Olsen ein.

„Absolut vorbeigeschossen, Herr Hauptkommissar. Wir sprachen hauptsächlich, wie Sie sich vielleicht denken können und wie das unter alleinstehenden Männern in einer Bar üblich ist, von der Hauptnummer des Programms, von der großen Entkleidungsszene des Balletts."

„Wie spät war es da? Übrigens, woher wussten Sie denn, dass de Jong ein alleinstehender Mann ist?", fragte der Hauptkommissar nicht ohne Ironie. „Ja, woher?" Es war gewissermaßen nebenher gesagt, es klang beinahe wie eine Verlegenheitsfrage, als sollte eine Pause ausgefüllt werden. Denn Olsen kramte wieder mit gesenktem Kopf in seiner Schublade. Als Koschinski nicht sofort antwortete, hob der Hauptkommissar den Kopf und blickte ihn fragend an. Ihm schien, als sei der plötzlich zerfahren, nervös. Koschinski rieb sich sein Kinn mit den inzwischen gesprossenen Bartstoppeln.

„Lassen Sie mich nachdenken", antwortete er jetzt gedehnt.

„Aber ja. Sagen Sie nur ungefähr, wann es war. Kommt nicht auf die Minute an. Es ist nicht allzu wichtig."

„Der andere kam etwa gegen Mitternacht, oder auch ein wenig später."

„Wird er uns sicher sagen können. Aber wann betraten Sie die Kakadu-Bar?"

Diesmal brauchte Koschinski keine Zeit zum Überlegen. Während er einen am Mittelfinger steckenden klobigen goldfarbenen Ring spielerisch drehte, sagte er sofort: „Ich kam etwa zwischen zwanzig Uhr dreißig und einundzwanzig Uhr. Auf keinen Fall später."

„Ist das nicht reichlich früh für die Kakadu-Bar?"

„Wie man's nimmt", erwiderte Koschinski salopp. „Eigentlich ja. Das richtige Programm beginnt erst um zweiundzwanzig Uhr. Aber ich wollte einen guten Platz haben. Es war kurz nach Programmwechsel, und man hatte mir gesagt, es sei große Klasse. Man müsse zeitig hingehen." Koschinski lächelte. „Sie verstehen."

„Dass es kein guter Platz war, weil ziemlich außen und am Rand, darüber sind wir uns wohl einig.

Oder waren die guten Plätze schon alle besetzt, als Sie dort eintrafen?"

Koschinski versuchte in der Miene des Hautkommissars zu lesen, sah aber nur dessen unbewegtes, nahezu unbeteiligtes Gesicht.

„Was hat das alles mit dieser Sache zu tun?", sagte er aufgebracht. „Ich kann mir in jeder Bar einen Platz aussuchen, der mir gefällt. Oder etwa nicht?"

„Können Sie. Niemand hat etwas dagegen. Sie können sich auch in der Kakadu-Bar die zweite Vorstellung ansehen, die, wie ich weiß, gegen ein Uhr nachts beginnt."

„Also bitte", antwortete Koschinski zufrieden.

„Ich bin ganz Ihrer Meinung", erwiderte der Hauptkommissar friedfertig. Dann änderte sich sein Tonfall. Seine Stimme nahm an Lautstärke zu. „Aber wenn Sie schon seit einundzwanzig Uhr beziehungsweise noch früher anwesend waren und so lange an Ihrem Tisch einen Platz frei hielten, wie ich annehmen muss - und was ebenfalls nachgeprüft werden kann -, dann ziehe ich die Schlussfolgerung, dass Sie auf de Jong gewartet haben. Möglicherweise länger als vorgesehen und verabredet.

De Jong hatte sich vielleicht aus irgendeinem Grund verspätet. War es so?"

Olsen beugte sich, gespannt auf die Antwort Koschinskis, nach vorn.

„Darf ich rauchen?", fragte der schnell. Er tastete dabei schon seine Taschen ab und zog ein zerknittertes Zigarettenpäckchen hervor.

„Bei uns wird nicht geraucht", wehrte der Hauptkommissar ab. „Sie bekommen nachher noch Gelegenheit zum Rauchen. Beantworten Sie jetzt bitte meine Fragen!" Abwartend lehnte er sich in seinem Schreibtischstuhl zurück. Koschinski schob ohne Protest das Zigarettenpäckchen zurück und sagte nebenher: „Ihre Anschuldigung steht auf schwachen Füßen. Das alles passt vielleicht in Ihre Theorie, Hauptkommissar. Es beweist absolut nichts, und das wissen Sie auch. Diesen de Jong, ich sage es noch einmal, habe ich zum ersten Mal gesehen."

„In der Bar, möglich. Und vorher?"

Eine Antwort auf diese Frage, die Koschinski sichtlich unbehaglich zu sein schien, unterblieb. In diesem Augenblick läutete das Telefon. Sollte das schon Schulzendorfer sein? Hatte Frans de Jong inzwischen ausgepackt? Olsen hob langsam den Hörer ab.

„Ja", meldete er sich mit verhaltener Stimme. Zu seiner Enttäuschung war am anderen Ende Polizeirat Mertens. „Moment", sagte Olsen. „Ich stelle um auf den Apparat im Nebenzimmer." Der Hauptkommissar ließ die Verbindungstür einen Spalt offen, durch den er Koschinski beobachten konnte.

„Wie sieht es aus, Olsen? Es ist gleich siebzehn Uhr." Die Stimme des Polizeirats klang ungehalten.

„Ich weiß", antworte Olsen ungerührt, mit leiser Stimme. „Tut mir leid, aber wir sehen noch nicht völlig klar. Koschinski streitet alles ab. Es sei denn, Möllers Leute kommen mit dem Decksmann, diesem de Jong, weiter."

Der Polizeirat räusperte sich. „Ist etwas an der Sache dran, Olsen? Ich meine, reicht es aus, dass wir Koschinski hierbehalten, um ihn dem Haftrichter vorzuführen? Denken Sie an die Frist, die eingehalten werden muss."

„Ich weiß es nicht. Noch nicht. Mein Gefühl sagt ja. Koschinski ist aalglatt. Er kennt selbstverständlich sehr genau die Gesetze, die Strafprozessordnung und so weiter. Kein Wunder."

„Gefühle wollen wir aus dem Spiel lassen, Olsen. Wenn an der Sache was dran ist, aber nicht ganz ausreichend - Sie verstehen, was ich meine, dann sollten wir uns seine Vorführung beim Haftrichter ersparen."

„Noch reicht es nicht aus. Aber das kann sich ändern", murmelte Hautkommissar Olsen.

„Nun, wie Sie meinen. Entscheiden Sie", schnarrte Polizeirat Mertens´ Stimme. „Aber ich neige zu der Ansicht, der Mann läuft uns nicht weg. Bedenken Sie sein Amt, seine Stellung."

„Es sind schon andere weggelaufen."

„Ich überlasse alles Ihnen, Olsen", wiederholte der Polizeirat ungeduldig. „Ich möchte morgen vormittag dem Referenten des Polizeipräsidenten eine zufriedenstellende Antwort geben können."

„Es wird sich herausstellen", sagte der Hauptkommissar in das Klicken im Hörer hinein. Nachdenklich legte er auf. Was heißt zufriedenstellende Antwort? Ich glaube, es wäre einigen Leuten lieb, wenn wir nichts an der Sache Koschinski fänden. Ich vermute, man erwartet es sogar.

\*

Die Vernehmung zog sich hin. Sie kamen mit Koschinski nicht weiter. Inzwischen war es fast neunzehn Uhr. Koschinski war bereits zwischendurch zum Essen und mehrmals zum Rauchen gebracht worden.

Olsen selbst begnügte sich mit einer Tasse Kaffee.

„Also, Koschinski...", begann er erneut, als er vom Klingeln des Telefons unterbrochen wurde. Seine Hand zuckte zum Hörer und presste ihn dann fest an sein Ohr.

„Ja", sagte er verhalten. Dann lauter und ungeduldiger: „Ja, natürlich bin ich es! Rede schon, Schulzendorfer!" Er kniff erwartungsvoll die Augen zu und lauschte. Koschinski versuchte, in seinem Gesicht zu lesen. Der Hauptkommissar verzog jedoch keine Miene. Während er den Hörer auflegte, sah er Koschinski an, der versuchte unbeteiligt zu wirken und gekünstelt gähnte. Es war sekundenlang eine Stimmung wie vor einem losbrechenden Gewitter. Olsens jäher Ruck aus seinem Schreibtischstuhl war gewissermaßen der Blitz, der alles unter Spannung setzte. Der Hauptkommissar stützte sich schwer auf den Tisch. Ärgerlich sah er auf Koschinski herab.

„Das ganze Theater hätten wir uns ersparen können, Herr Koschinski! Was glaubten Sie denn mit Ihrem Herumgerede erreichen zu können? Hören Sie zu: Ihr schmutziges Geschäft ist ein klarer Fall für den Staatsanwalt."

Koschinski starrte ungerührt zurück. Er presste die Lippen zusammen und stieß dann hervor: „Sie tippen nicht nur daneben, Sie fallen auch aus der Rolle, Hauptkommissar. Ich werde mich beschweren."

„Das können Sie. Von mir aus sogar beim Minister." Olsen stockte. Hol's der Teufel, dachte er, womöglich hat er tatsächlich Freunde beim Minister. Er nahm vom Tisch das flache Päckchen mit dem Heroin, wog es wie spielerisch in der Hand. „Sie haben ein schlechtes Gedächtnis, Koschinski. Sie sind ein verdammter Lügner. Sie haben von Frans de Jong ein Päckchen Heroin, frisch aus dem Ausland eingeschmuggelt, für fünftausend Euro gekauft. Ist klar, das wissen wir jetzt. Ihr angeblich Ihnen unbekannter Tischnachbar hat soeben bei den Kollegen vom Rauschgiftdezernat ausgepackt. Er hat folgendes zu Protokoll gegeben: Ich, Frans de Jong, kenne Herrn Koschinski von der Kakadu-Bar her. Er hat schon einmal von mir Heroin gekauft und mir diesmal fünftausend Euro gegeben, wie es bei unserem letzten Treff vereinbart worden war."

Koschinski schluckte hörbar.

„Wollen Sie noch mehr hören, Koschinski? Pech gehabt", sagte Olsen nicht ohne Schärfe. Übertrieben gleichgültig zuckte Koschinski die Schultern. „Die Dinge sprechen gegen mich. Nennen Sie es meinetwegen eindeutige Indizien, Hauptkommissar. Also gut, ich will es nun genauer schildern."

Olsen lehnte sich zurück.

„Beim ersten Mal", fuhr Koschinski fort, „als ich de Jong tatsächlich zufällig in der Bar gegenüber saß, hatte es sich um eine kleine Probe Heroin gehandelt, um eine unbedeutende Menge. Dieses zweite größere Angebot von vergangener Nacht sollte mir die entscheidende Handhabe zum Eingreifen geben. Ich wollte sicher gehen, einen großen Fang zu machen. Das ist der wahre Sachverhalt."

„Den hätten Sie uns besser gleich mitteilen sollen, nicht erst in dem Moment, da wir Ihnen Fakten vorhalten! So, wie die Dinge jetzt überschaubar sind, müssen wir das als Schutzbehauptung werten", sagte Olsen angewidert. Er legte das Päckchen Heroin wieder hin und schob es verächtlich von sich weg. „Ich denke, das reicht."

„Sie wissen genau, dass das nicht ausreicht", protestierte Koschinski.

„Genug für heute", entschied Olsen. „Die Reinschrift hat bis morgen Zeit. Der Untersuchungsrichter fängt erst gegen zehn an. Damit hätten wir auch die vorgeschriebene Frist gewahrt. Alles andere ist dann Sache des Rauschgiftdezernats."

Wie auf Stichwort betrat Kriminalobermeister Schulzendorfer das Dienstzimmer. Er blickte fragend zu Olsen, der ihm unmerklich zunickte, bevor er über das Telefon die Weisung erteilte, Koschinski abzuholen. Wenig später trafen zwei Uniformierte ein, nahmen Koschinski in die Mitte und verließen das Büro. Der Hauptkommissar sah ihnen nach, hörte ihre Schritte auf dem langen Flur hallen, bis irgendwo eine Tür klappte.

„Klar, Koschinski steckt in dieser Sache drin", sagte Schulzendorfer und fügte hinzu, „du glaubst doch auch, dass er schuldig ist, Chef."

„Sofern de Jongs Aussage richtig ist, gibt es wohl keinen Zweifel."

„Hat er Grund zu lügen?", fragte Schulzendorfer.

Der Hauptkommissar schlug bedächtig die Hände ineinander. Ihn bewegten andere Dinge. Woher nahm Koschinski diese Ruhe, diese Gleichgültigkeit. Der Mann wusste doch nur zu gut, was ihn für den Rauschgifthandel erwartete. Irgendetwas an Koschinski, insbesondere seine Gleichgültigkeit, irritierte Olsen.

Schulzendorfer stand bereits im Mantel hinter ihm. „Ich mache jetzt Feierabend, wenn du nichts dagegen hast. Ich werde zu Hause schon lange erwartet."

„Ja, geh, beeile dich. Gute Nacht und schönen Gruß von mir."

Olsen, alleine, reckte sich und gähnte herzhaft, bevor er in seinen Mantel schlüpfte. Als er bereits die Türklinke in der Hand hatte, klingelte das Telefon.

Er hielt den Atem an, er zögerte hinzugehen. Am liebsten wäre er, wie Schulzendorfer es soeben getan, zur Tür hinausgestürmt. Er seufzte. Wieder erklang das Rufzeichen. Langsam trat er an den Schreibtisch. Beinahe gequält nahm er den Hörer ab. Er hörte Stimmen und im Hintergrund rhythmisch ein Faxgerät arbeiten. Dann rief eine Stimme: „Hallo! Ist dort jemand?"

„Ja", sagte er halblaut. „Hier Hautkommissar Olsen. Was gibt es?"

Noch während er zuhörte, griff Olsen zum Handy und drückte Schulzendorfers Kurzwahl.

Kurze Zeit später erschien Schulzendorfer wieder mit fragendem Blick im Büro. „Weit gekommen bin ich ja nicht, noch nicht einmal vom Parkplatz runter. Habe ich was vergessen, Chef?"

Olsen antwortete nicht, sondern starrte seinen Obermeister nur vielsagend an.

„Mord – Chef?"

„Eine Tote. Ich weiß so viel wie du. Los trommle die Leute vom Erkennungsdienst und Labor zusammen!"

„Wir fahren zum Uferweg 12. Und vergiss nicht, den Doktor zu benachrichtigen. Er soll schnellstens nachkommen."

*

Der Uferweg war eine ruhige Straße, weitab vom Geschäfts- und Vergnügungsviertel, von deren augenblendenden Leuchtreklamen und dem Lärm der Autos und Straßenbahnen. Und auch weitab von den hohen, tristen, grauen Betonkästen der Neubauten. Im Uferweg hatten die Häuser noch alle mehr oder weniger ein ehrwürdiges Aussehen. Ihre Fassaden waren verwaschen, grau, verwittert, alt. Im gelblichen Schimmer der alten Laternen schienen die Häuser der sonst so modernen Wirklichkeit der Stadt weit entrückt und provinziell.

Eingangs der stillen Straße hatte der Hauptkommissar das Blaulicht und die Sirene abstellen lassen.

Es war ganz anders als ein Einsatzalarm am hellen Tag. Es gab keine Menschenansammlungen. Die Öffentlichkeit war noch ausgeschlossen, ahnungslos. Nur ein Wachtmeister vom zuständigen Polizeirevier ging vor Nummer 12 auf und ab. Zu jeder anderen Tageszeit wäre dieses abgezirkelte Hin- und Hergehen eines Polizisten sicher aufgefallen. Jedoch um diese Stunde saßen die Hausbewohner entweder vor den Fernsehern, oder sie waren bereits zu Bett gegangen.

Als das Scheinwerferlicht des Dienstwagens in die dunkle, schmale Straße stach, unterbrach der Wachtmeister seinen Postengang. Erwartungsvoll blieb er stehen. Doch gleich darauf verwandelte sich seine Erwartung in einige Verwunderung.

Der Wagen rollte langsamer werdend an ihm vorbei und hielt vor dem Haus Nummer 16.

„Fahr zwei Häuser vor", hatte der Hauptkommissar zu Schulzendorfer gesagt. „Die Wagen von Labor und Gerichtsmedizin brauchen nachher mehr Bewegungsfreiheit als wir."

Der Wachtmeister, unschlüssig, ob er seinen Posten verlassen sollte oder nicht, kam nun, da er die unverwechselbare Gestalt des Hauptkommissars aussteigen sah, eilfertig auf Olsen zu.

„Guten Abend, Herr Hauptkommissar."

Olsen rückte seinen Mantel zurecht. „Wo ist es?"

Der Wachtmeister nahm eine straffe Haltung an. „Im dritten Stock." Dabei zeigte er auf das Haus Nummer 12.

„Wer ist oben?"

„Kommissar Bergmann vom Revier und Doktor Miskau, praktischer Arzt aus der Wiesenstraße", schnarrte der Wachtmeister herunter.

Olsens Blick glitt über die Fassade des dreistöckigen Hauses Nummer 12. Hinter fast allen Gardinen und Vorhängen sah er gedämpftes Licht schimmern. Er machte eine auffordernde Geste. „Gehen wir hinauf."

Mit dem ihm nachfolgenden Schulzendorfer betrat der Hauptkommissar den Hausflur. Links führten sechs Stufen zum Hochparterre. Von da ab, rechtwinklig, mehr gewunden, begann der eigentliche Aufgang zum Vorderhaus. An der Tür im Hochparterre hing ein ovales, einst weißes Emailleschild. Im Vorbeigehen las der Hauptkommissar die verblasste Frakturschrift: Luise Schulz.

Wenn sein Gehör ihn nicht täuschte, dann hatte er soeben hinter dieser Tür das feine Klicken einer Gucklochklappe vernommen.

Im ersten Stock sah sich der Hauptkommissar, noch ehe er einen Blick auf das Namensschild unter dem ziselierten Messingklingelknopf werfen konnte, der Wohnungsinhaberin gegenüber. Jedoch nur einen Atemzug lang. Es war sozusagen die Momentaufnahme einer Frau mittleren Alters, die, als er vorbeikam, flüchtig ihren Kopf aus dem Türspalt gesteckt, den Hauptkommissar gemustert und dann schnell die Tür zugezogen hatte. Es war ein unscharfes Bild, das ein rundliches cremeglänzendes Gesicht zeigte. Darüber blondiertes Haar, aus dem Lockenwickler wie Elektroden hervorlugten.

Und weiter stiegen die Männer des Morddezernates die in Hufeisenform angelegte Treppe hinauf, mit ihren ausgetretenen, knarrenden Stufen und dem wackligen Holzgeländer, dessen gedrechselte Holzpfosten an vergangene Handwerkskunst erinnerten.

Wieder schnappte über ihnen leise eine Tür ins Schloss. Das ganze Haus war wach. Neugier und Erregung lauerten hinter jeder Tür. Im dritten Stock rechts stand die Wohnung weit offen. Davor warteten Kommissar Bergmann vom Polizeirevier und Dr. Miskau. Olsen, der den jungen Kommissar kannte, nickte ihm freundlich zu. Dann wandte er sich Dr. Miskau zu und stellte sich vor.

Dr. Miskau, ein noch junger Arzt, rückte an seiner randlosen Brille. Es konnte freudige Verlegenheit bedeuten.

„Ich kenne Sie, Herr Hauptkommissar." Er lächelte. „Von der Zeitung her. Sie haben ja schon Schlagzeilen gemacht und ein Foto von Ihnen habe ich auch gesehen." Er rückte erneut an seiner Brille. „Es ist mir eine Freude, Sie persönlich kennenzulernen."

„Ebenfalls", erwiderte Olsen höflich und sah im nächsten Augenblick Kommissar Bergmann fragend an.

„Ich habe noch nichts angerührt. Es ist alles unverändert geblieben, seit ich hier bin." Bergmann warf einen Blick auf seine Uhr. „Seit genau 12 Minuten, Herr Hauptkommissar."

„Und was wurde vorher verändert?"

„Soviel ich weiß, nur die Lage der Toten. Doktor Miskau, der als erster in die Wohnung gerufen wurde, hat die Leiche zwecks Untersuchung auf die Couch gelegt."

„Von wo aus auf die Couch?"

„Entschuldigen Sie, Herr Hauptkommissar, wenn ich mich einmische." Dr. Miskau hob die Hand. „Hier liegt ein Irrtum vor, beziehungsweise bin ich falsch verstanden worden. Nicht ich, sondern Herr Krüger von nebenan", er deutete auf die gegenüberliegende Wohnungstür, „hat die Leiche auf die Couch gelegt."

„Wieso das? Hat er die Tote entdeckt?"

„Nein, seine Frau", erklärte Kommissar Bergmann.

„Das sind schon drei Personen", murmelte der Hauptkommissar.

„Frau Krüger hatte, wie ich weiß, danach sofort ihren Mann zu mir geschickt." Dr. Miskau rieb sich die Stirn. „Halt, es war anders, Herr Krüger kam nicht direkt zu mir, sondern er rief mich an. Er sprach von Selbstmord im Hause, von Wiederbelebung und ähnlichem. Sie wissen ja, Herr Hauptkommissar, was ein Mensch in der Aufregung alles sagt."

„Und dann haben Sie veranlasst, dass jemand das Polizeirevier benachrichtigt? Oder gaben Sie per Telefon Herrn Krüger den Auftrag?"

Dr. Miskau schüttelte den Kopf. „Nichts von alledem. Sehr wahrscheinlich hätte ich das veranlasst, als mir bei der Untersuchung der Toten der Verdacht kam, dass es sich hier um keinen Selbstmord handeln könne. Aber ehe ich einen Entschluss fassen konnte, erschienen auch schon der Kommissar Bergmann und ein Wachtmeister vom Revier."

Hauptkommissar Olsen blickte von Dr. Miskau auf Kommissar Bergmann. „Das ist interessant. Merkwürdig, wie ging das zu, Bergmann? Wer hat das Polizeirevier benachrichtigt? Als ich im Dezernat angerufen wurde, fiel diesbezüglich kein Name. Möglich, dass der Wachhabende vom Revier in der Eile vergaß, ihn zu nennen."

„Er hat es nicht vergessen. Wir haben keinen Namen. Wir wissen nicht, wer der Anrufer war, Herr
Hauptkommissar."

„Wir müssen versuchen, das möglichst schnell
zu überprüfen. Das ist Ihre Sache, Bergmann." Und
an Dr. Miskau gewandt, sagte Olsen: „Ich hätte
gerne etwas mehr über das Ergebnis Ihrer Untersuchung gehört. Gehen wir hinein."

Der Hauptkommissar zögerte. „Moment, wie
heißt sie eigentlich? Ich sehe kein Namensschild an
der Klingel."

Dr. Miskau zog die Wohnungstür aus dem
Halbdunkel nach vorn. Er zeigte auf eine kleine
weiße Karte, eine Art Visitenkarte, die nur wenige
Zentimeter über dem Briefschlitz an der Tür mit
Reißzwecken befestigt war. Olsen musste sich tief
bücken. Auf der Karte stand gedruckt der Name
Kerstin Berthold.

\*

Olsens Augen waren überall.

Im Flur bedeckte der dunkelgrün gemusterte Läufer nicht ganz den Fußboden. An beiden Seiten war ein Streifen glänzenden, gepflegten Parketts zu sehen. Von der Decke hing eine aus Korb geflochtene Leuchte, die nach allen Seiten hin verwirrende Lichtreflexe verstreute, ohne wirklich den Korridor auszuleuchten. Die Tapete war alt und unmodern. Sie zeigte grüne Gräser und Rispen auf hellgelben Hintergrund. Olsen erinnerte sich, dergleichen in den achtziger Jahren gesehen zu habe. Ein halbhoch angebrachter, schmiedeeiserner Garderobenhalter unterbrach die lange Wandfläche. Seine fünf leeren Garderobenhaken schienen wie aus der Wand gewachsen. Daneben hing ein viereckiger, rahmenloser Spiegel. Für Männer mit Körpermaßen, wie sie Olsen und seine Begleiter aufwiesen, war dieser Spiegel viel zu niedrig angebracht.

Olsen versuchte im Vorbeigehen einen Blick von sich zu erhaschen, hätte sich aber bücken müssen, um sein Gesicht zu sehen. Auf einer Konsole lag ein Damenhandschuh, der zweite dieses Paares lag auf dem Fußboden. In dem etwa sechs Meter langen Korridor roch es sauber nach Reinigungsmittel. Der Hauptkommissar hob beinahe belustigt die Nase und schnupperte. Nachdenklich betrachtete er seine Schuhe. „Bewegen wir uns möglichst auf dem freien Parkettstreifen. Es genügt, wenn schon der Kommissar, der Doktor und die Nachbarn ihre Spuren auf dem Läufer hinterlassen haben."

„Und weiß der Himmel, wer noch", warf Kriminalobermeister Schulzendorfer düster ein. Sie schritten dicht hintereinander an der Wand den Korridor entlang bis zur offenstehenden Zimmertür, aus der gedämpftes Licht fiel.

Auf einer blau und grau gestreiften Couch lag ausgestreckt eine junge Frau. Dem Äußeren nach mochte sie etwa zwanzig Jahre alt sein. Es sah aus, als schliefe sie. Sie hatte einen beigefarbenen Pullover an. Der kurze, karierte Rock war hochgerutscht, ließ die Knie und einen Teil der Schenkel sehen. Die kleine, schlanke Gestalt hatte schöne gerade Beine und kleine Füße, die in halbhohen Straßenschuhen steckten.

„War alles so wie jetzt, als Sie das Zimmer betraten, Doktor?"

Dr. Miskau nickte. „Genauso."

Beide traten langsam, beinahe vorsichtig an die Couch. Das hübsche, an den Jochbeinen etwas breitere Gesicht der Toten war von unnatürlicher Blässe. Der Ponyschnitt ihres dunkelblonden Haares und das gelbliche Licht von zwei Lampenschirmen vermehrten noch diesen Kontrast. Die Lippen der Toten waren zusammengepresst, die Mundwinkel eine Spur verächtlich oder enttäuscht herabgezogen.

„Macht mal mehr Licht", sagte der Hauptkommissar halblaut.

Schulzendorfer, der bereits ein Paar Einmalhandschuhe trug, betätigte den Lichtschalter. In drei marmorierten Glasschalen über ihnen ging mäßig helles Licht an. Ein ungewöhnlich hübsches Mädchen, sagte sich Olsen.

Dr. Miskau hockte sich vor die Couch und hob den Kopf. „So begann ich mit der Untersuchung, oder vielmehr, ich sah schon im nächsten Augenblick, dass es nichts mehr zu untersuchen gab, dass ich eine Tote vor mir hatte. Aber ein Selbstmord durch Erhängen war das nicht. Das wurde mir auch sofort klar."

„Sie dachten gleich an Mord?"

„Ich bin praktischer Arzt, habe erst ein paar Jahre meine Praxis, ein solcher Fall ist mir noch nicht vorgekommen. Aber die Flecke am Hals der Toten möchte ich nicht als Strangulationsmerkmale durch einen Strick oder eine Schnur deuten."

„Das werden wir bald und genau erfahren", erwiderte Olsen.

„Doch weiter, Doktor, was können Sie noch berichten?"

„Während ich mich also über die Tote beugte, stand Herr Krüger neben mir, den ich schon auf der Straße, vor der Haustür, wo er auf mich wartete, fragte, wie und wo er Frau Berthold aufgefunden habe."

„Was sagte er?"

Dr. Miskau zeigte auf den Ofen. „Dort, am Messinghaken hing sie, er habe sie mit seinem Taschenmesser abgeschnitten und auf die Couch gelegt, dann die Schlinge von ihrem Hals gelöst und mich von diesem Apparat dort angerufen." Dr. Miskau zeigte auf das kabellose Telefon, das auf dem Tisch lag.

„Wie spät war es, als Sie mit Herrn Krüger telefonierten?"

Dr. Miskau rückte seine Brille zurecht. „Etwa gegen viertel elf, möchte ich sagen. Höchstes zwanzig nach zehn."

„Sind Sie dann sofort hierher gegangen?"

„Ja, gleich darauf. In ein paar Minuten war ich hier. Von der Wiesenstraße ist es nicht weit. Zehn Minuten mögen vielleicht insgesamt vergangen sein. Seit dem Anruf, meine ich. Wie gesagt, Herr Krüger stand vor der Haustür und erwartete mich. Ich kenne ihn. Er ist ein Patient von mir."

Hauptkommissar Olsen sah erst Dr. Miskau und dann Obermeister Schulzendorfer an. „Nehmen wir an, es war zwanzig Minuten nach zehn. Kurz darauf wurde ich vom Polizeirevier benachrichtigt. Merkwürdig…"

Er wandte sich an Schulzendorfer. „Am besten, du beginnst gleich mit der Arbeit."

„Ich werde zuerst den Hauswart oder seine Frau befragen", erwiderte Schulzendorfer kurz und verschwand. Olsen musste innerlich schmunzeln. Wie fast immer hatte Schulzendorfer ohne große Worte verstanden. Olsen blickte jetzt zu dem immer noch vor der Couch hockenden Dr. Miskau hinunter. „Entschuldigen Sie, Doktor", sagte er verbindlich, „bitte, wie ging es weiter?"

„Herr Krüger schien sichtlich bestürzt oder, besser gesagt, sehr traurig zu sein, als ich ihm erklärte, dass Frau Berthold schon tot war, als er sie auf die Couch gelegt hatte."

„Wie reagierte er darauf?"

„Wie soll ich sagen... Vielleicht wie so viele Menschen, die mich holen und denen ich die traurige Wahrheit sagen muss. Die allerletzte Wahrheit, die es gibt. Krüger sah mich an ungläubig an, schüttelte immer wieder seinen Kopf und sagte mit leiser Stimme, sehr zittrig: Ist das nicht schrecklich. Und ich hatte gedacht, man könnte sie noch retten. Das war zweifellos in der Aufregung gesagt."

„Kann man verstehen", stimmte Olsen zu.

„Nicht wahr. Ein solch trauriges Erlebnis schaltet oftmals klare Überlegungen aus, denn sonst hätte er sich ja denken können, dass bei dieser Körpertemperatur, noch zumal bei einem Erhängten, jede Rettung unmöglich ist."

Olsens Gedanken bewegten sich um den Begriff Körpertemperatur. Er rieb sich nachdenklich das Kinn.

„Und dann", fuhr Dr. Miskau fort, „dann wurde ich stutzig." Er deutete dabei auf den Hals der Toten. „Ich entdeckte Würgemale. Zumindest glaube ich, sie als solche deuten zu können." Er erhob sich. „Selbstmord, nein! Aber ich bin kein Gerichtsmediziner. Haben Sie Zweifel, Herr Hauptkommissar?"

Der Hauptkommissar schwieg nachdenklich.

„Haben Sie Zweifel?", wiederholte Dr. Miskau.

„Wir wissen noch nicht viel, Doktor. Aber ich möchte auch meinen, dass es nach Mord aussieht. Sie waren sehr nützlich, danke. Die Tote wäre zwar auf jeden Fall obduziert worden, wie üblich bei Selbstmördern und ungeklärten Todesfällen. Nur hätte man erst dann die wahre Todesursache entdeckt. Und so gesehen haben wir etwas Zeit gewonnen, denke ich."

Dr. Miskau verbeugte sich leicht, nicht ohne vorher an seiner Brille zu rücken. „Werde ich noch benötigt, Herr Hauptkommissar? Kann ich noch etwas für Sie tun?"

„Danke, Doktor. Eine letzte Frage. Wo ist die Schlinge? Haben Sie sie womöglich versehentlich in Ihre Arzttasche gesteckt?

„Die Schlinge", wiederholte Dr. Miskau gedehnt. „Jetzt, da Sie mich danach fragen, Herr Hauptkommissar, muss ich zugeben, ich habe nicht darauf geachtet." Er sah zum Kachelofen hinüber, warf einen Blick auf die Tote und schüttelte den Kopf. „Ich habe die Schlinge überhaupt nicht gesehen. Vielleicht hat sie Herr Krüger, der ja die Leiche abschnitt, in der Aufregung verlegt oder eingesteckt."

„Wir werden sie schon finden", antwortete Olsen zuversichtlich.

*

Der Raum, ein kombiniertes Wohn-Schlaf-Zimmer, war hübsch und originell eingerichtet. Auf einer niedrigen Kommode mit einer Reihe Schubkästen brannte eine altmodische Tischlampe, deren gelber Seidenschirm etwas schief in seinem Metallgeflecht hing. Gegenüber in der rechten Fensterecke stand ein Schaukelstuhl mit hoher Rückenlehne. Dahinter brannte eine Stehlampe. Zwischen diesen beiden Lichtquellen spannte sich über die ganze Breite der beiden Fenster ein gelb und grün gestreifter Vorhang. In der Mitte des Zimmers lag ein flaschengrüner Teppich.

Ein wandhohes Regal war voller Bücher. Alles sah ordentlich und sauber aus, als wäre eben erst aufgeräumt worden. Selbst der hohe, altmodische grüne Kachelofen mit seiner blanken Messingtür passte gut in dieses Bild. Dieser diente aber wohl nur der Dekoration, denn Olsen hatte hinter den Fenstervorhängen die Umrisse moderner Heizkörper erkannt. Unpassend erschienen aber die beiden kurzen Enden einer Schnur, die vom Messinghaken, der zwischen zwei Kacheln eingelassen war, herabhingen. In gleicher Weise deplatziert wirkte eine kleine hölzerne Fußbank, die umgeworfen darunter lag.

Als letzte Unordnung registrierten Olsens prüfende Blicke einen in gewisser Weise liederlich hingeworfenen Damenmantel, der über die Lehne eines Sessels hing. Und schließlich noch die Damenhandtasche, die auf dem niedrigen Couchtisch lag, zum Teil über dessen Rand hinausragend.

Die Handtasche war aus angerautem braunem Leder und hatte einen blanken breiten Metallrahmen. Vorsichtig nahm sie der Hauptkommissar in die Hand. Mit seinem Taschentuch öffnete er den Verschluss. Die Tasche enthielt das Übliche, was junge Frauen bei sich haben: Kamm, Spiegel, Lippenstift, eine Geldbörse mit einigen Münzen darin, weiterhin ein Päckchen Papiertaschentücher, eine Nagelfeile und, das war nun nicht üblich, einen schwarz-weißen Stein mit einem Loch darin. Ein sogenannter Hühnergott. Ein Stein, wie man ihn mit etwas Glück am Strand fand. War er für Kerstin Berthold eine Art Talisman gewesen? Der Kommissar hielt den kleinen Stein gegen das Licht. Er drehte ihn nachdenklich hin und her und schaute durch das kleine Loch, als könne es ihm des Rätsels Lösung offenbaren.

Olsen, der schon in viele Handtaschen dienstlich hatte hineingreifen müssen, fand diese hier mustergültig aufgeräumt. Sie entsprach gewissermaßen der Ordnung und Sauberkeit dieser Einraumwohnung. Im Seitenfach steckten eine Monatskarte für den Nahverkehr und der Personalausweis.

Kerstin Berthold wäre im Juni zweiundzwanzig Jahre alt geworden. Eine junge, gutaussehende und ledige Frau. Er verglich das Foto auf den Ausweis mit dem Gesicht der Toten. Das Bild auf dem Personalausweis, er war vor sechs Jahren ausgestellt worden, zeigte Kerstin Berthold mit langen Haaren, die ihr bis auf die Schulter fielen. Olsen fand sie so reizender aussehend als mit der Ponyfrisur. Jene Frisur hatte ihr weichere Züge verliehen. Aber immerhin waren inzwischen sechs Jahre vergangen. Was alles außer dieser Zeitspanne konnte Gesichtszüge verändern, fragte sich der Hauptkommissar.

Olsen dachte an die Männer, die ihren Lebensweg gekreuzt haben mochten und unter denen vielleicht einer war, der unbedingt gefunden werden musste, und der sich zweifellos alle Mühe geben würde, unentdeckt zu bleiben. Aber diese Frage war nur eine der vielen Fragen, die es noch zu stellen gab. Es hatte keinen Sinn, in diesem Augenblick nur daran und intensiv darüber nachzudenken. Beinahe mechanisch steckte er sich den Ausweis ein und legte die Handtasche genauso an den Platz zurück, wie er sie vorgefunden hatte. Dann setzte er sich in den Schaukelstuhl am Fenster. Einen Moment dachte er daran, die Augen zuzumachen. Aber er wusste, dass er dann sofort einschlafen würde. So müde war er.

Olsen blinzelte zum Couchtisch, zur Handtasche hinüber. Warum lag sie so nachlässig, wie unwillig weggeschoben, an der Tischkante? Bei ihrer Ordnungsliebe, dachte er. Was mag der Anlass gewesen sein, dass sie ihren Mantel so hingeworfen hatte? Was tut eine Frau wie Kerstin Berthold unter normalen Umständen, wenn sie ihre Wohnung betritt? Sie legt den Mantel ab, hängt ihn dorthin, wo er hingehört, an den Garderobenhaken. Hatte sie nicht getan, in diesem Fall nicht. Warum? Aber sie hatte doch ordnungsgemäß ihre Handschuhe auf der Konsole im Korridor abgelegt. Es jedenfalls versucht, wobei einer in der Eile herabgefallen sein musste. So sah es jedenfalls aus. Sie musste also in großer Eile nach Hause gekommen sein.

Der Hauptkommissar wurde in diesem Augenblick von seinen Gedanken und Spekulationen abgelenkt. Auf dem Korridor waren Schritte zu hören und gleich darauf erschien ein kleiner, rundlicher Mann mit eisengrauen Haaren. Er schnaufte wie eine Lokomotive und schwenkte ein Köfferchen. Es war Polizeiarzt Dr. Manteuffel.

„Drei Treppen ohne Fahrstuhl", stöhnte er. „Aber fein, dass man sich mal wieder trifft." Seine Augen wanderten flink umher und blieben endlich an Olsen hängen.

„Hat man Sie endlich aufgespürt", brummte der aus seiner Ecke. „Wir warten nur auf Sie."

„Das habe ich gerne, dazu um diese Stunde und an einem Mittwochabend." Er schwenkte temperamentvoll sein Köfferchen in Richtung der Toten.

„Jeder Abend ist für Überraschungen gut."

„Sagen Sie mal, Olsen." Dr. Manteuffel rollte beim Sprechen mit erstaunlicher Geschwindigkeit seinen erkalteten Zigarrenstummel im Mund. „Muss so was ausgerechnet Mittwochabend passieren? Heute ist doch mein Skatabend, dürfte sich doch langsam herumgesprochen haben." Er schüttelte traurig den Kopf.

„Tut mir unendlich leid, Doktor. Ich schwöre Ihnen, von heute ab nehme ich mittwochabends keinen Mord mehr an", sagte Olsen mit müdem Lächeln.

„Schrecklich. Und immer drei Treppen hoch. Übrigens neulich war es auch ein Mädchen."

„Diesmal ist es eine Frau von zweiundzwanzig Jahren", erwiderte der Hauptkommissar.

Der Polizeiarzt betrachtete die Tote näher. „Eine kleine Schönheit. Schade. Immer werden die Hübschesten umgebracht. Haben Sie dafür eine Erklärung, Olsen?"

„Die sage ich Ihnen gelegentlich. Vielleicht haben Sie jetzt die Güte und fangen an. Denn jeden Augenblick kommen die Leute von der Spurensicherung und dann haben wir hier Turbulenz."

Dr. Manteuffel stellte sein Köfferchen neben die Couch ans Fußende der Toten und klappte es geräuschvoll auf. Während er sich umständlich die Gummihandschuhe überstreifte, ging sein Blick zu Olsen. „Ich hatte gerade einen Grand mit Vieren, als der verdammte Anruf kam." Er beugte sich mit bekümmertem Gesichtsausdruck über die Tote. „Grand mit Vieren. Wie oft bekommt man das schon in die Hände", sagte er wehmütig.

Der Hauptkommissar wandte sich ab. Sein Blick fiel auf einen kleinen Wecker, der auf der Kommode stand. Die Zeiger standen auf drei Minuten nach zwölf. So spät schon? Unmöglich. Olsen verglich mit seiner Uhr. Der Wecker auf der Kommode ging weit über eine Stunde vor.

Die Zeitangabe auf einer Uhr zu manipulieren war einfach und absolut nichts Neues. Mancher Täter hatte so versucht, sein Verbrechen zu verschleiern. In dieser Hinsicht kannte der Hauptkommissar aus Erfahrung alle Varianten.

Olsen stand auf und nahm den Wecker in die Hand. Wie so vieles in diesem Zimmer war auch der Wecker betagt und altmodisch. Er hatte kein Quarzwerk, sondern musste noch mittels der Krone aufgezogen werden.

Olsen hielt sich den Wecker an das Ohr und lauschte. Es war kein Ticken zu vernehmen. Sollte er ein so leises Gangwerk haben? Oder hatte sein Gehör nachgelassen? Er schüttelte die Uhr, lauschte abermals und drehte dann an der Aufzugskrone. Das war es also. Das Uhrwerk war abgelaufen.

Er setzte sich wieder in den Schaukelstuhl. Hatte diese Zeitangabe des Weckers etwas zu bedeuten? Zweierlei konnte vorgegangen sein, überlegte Olsen. Entweder hatte Kerstin Berthold vergessen, die Uhr aufzuziehen, und die war somit eine Nacht hindurch bis zum nächsten Mittag, zwölf Uhr, intakt gewesen und dann stehen geblieben. Üblicherweise hatten diese Art Uhren ein 24-Stunden-Werk und mussten vor Ablauf dieser Zeit wieder aufgezogen werden. Oder die junge Frau war überhaupt nicht mehr dazu gekommen, sie aufzuziehen. Olsen war gespannt, welche Stunde der Polizeiarzt als Tatzeit errechnen würde.

Er dachte wieder an die Tote auf der Couch. Wie sollte man das alles deuten? Wie lebte sie? Was hatte sie vom Leben erwartet? Und warum hatte man sie getötet?

Dr. Manteuffels Stimme unterbrach abrupt Olsens Meditation.

„Aus welchem Grunde hätte sich dieses schöne Kind selbst umbringen sollen? So wie ich es sehe, Olsen, die Kleine wurde erwürgt."

„Nicht erdrosselt?"

Der Polizeiarzt ignorierte diese Frage. Er schob mit dem Zeigefinger seine Brille etwas höher und sah den Hauptkommissar vorwurfsvoll an.

„Nicht erdrosselt?", wiederholte Olsen. „Kein Zweifel?"

„Klarer Fall! Erwürgt. Und zwar von hinten, blitzschnell. Es muss ohne Gegenwehr geschehen sein. Eine totale, tödliche Überraschung. Sie kam nicht dazu, zu schreien. Ich möchte annehmen, der Täter ließ sie erst los, als sie schon tot war."

„Eine sehr interessante Schlussfolgerung. Aber wieso Täter?", wandte Olsen ein.

Dr. Manteuffel schloss die Augen und schüttelte energisch den Kopf. Sein Zigarrenstummel wanderte im Mund hin und her. Er hob die Hand.

„Ich weiß, was Sie denken. Sie denken, dass es auch einer resoluten, kräftigen Frau nicht schwerfallen würde, eine solch kleine Person wie diese hier auf die von mir beschriebene Art umzubringen. Ganz entschieden nein! Der Täter muss kräftige Hände haben, womöglich noch große dazu. Sie sollten nach einen solchen Mann Ausschau halten, Olsen." Dr. Manteuffel blickte den Hauptkommissar über den Brillenrand an. „Außerdem weiß ich aus Erfahrung, dass diese Art des Tötens so ziemlich an letzter Stelle bei Mörderinnen steht."

„In diesem Punkt stimme ich mit Ihnen überein, Doktor."

„Nicht in beiden? Haben Sie berechtigte Zweifel, Olsen?" fragte argwöhnisch Dr. Manteuffel. „Wenn ja, dann heraus damit. Ich bin ebenso interessiert wie Sie."

„Berechtigte Zweifel? Nein bisher gibt es keinerlei Anhaltspunkte. Aber gerade deshalb muss ich jede Möglichkeit bedenken. Es gibt Frauen mit sehr großen Händen und erheblicher Körperkraft."

„Ja, ja. Freilich gibt es Ausnahmen." Der Polizeiarzt sah den Hauptkommissar herausfordernd an. „Aber das ändert nichts an meiner Feststellung hier. Und die lautet: Todesursache durch Ausschaltung der Atmung, und zwar unverkennbar durch eine kräftige große Hand. Eine Männerhand! Dabei bleibe ich. Daher auch die schwachen Würgemale. Die Obduktion wird es bestätigen, Olsen."

Dr. Manteuffel stand jetzt vor dem Hauptkommissar wie ein Dozent. „Sie müssen sich das so vorstellen, Olsen." Er nahm zum ersten Mal seinen kalten Zigarrenstummel aus dem Mund, sah sich suchend nach einer Ablagemöglichkeit um und legte ihn dann auf einen leeren Blumentopfuntersatz auf dem Fensterbrett. Er schob seinen rechten Ärmel hoch, hob seine schmale, beinahe zierlich wirkende Hand und demonstrierte in Zeitlupe einen Würgegriff. „Sehen Sie, so etwa. Jene Würgerhand hatte die Wirkung eines gepolsterten Ringes oder, wenn Sie so wollen, die einer Zwinge, die sich gleichmäßig, kraftvoll und tödlich schnell um den Hals der Kleinen zuzog."

„Sehr anschaulich. Leuchtet mir ein", sagte Olsen. „Bis auf…"

„Bis auf was?", fragte Dr. Manteuffel schnell.

„Sofern Sie mit dem gepolsterten Halsring etwas Bestimmtes meinen."

„Erraten, junger Mann. Ich denke dabei nicht nur an eine große, fleischige Hand, mir will auch scheinen, der Täter trug Handschuhe."

„Sie meinen, er hatte die Handschuhe zu diesem Zweck übergestreift", murmelte der Hauptkommissar aus seiner Ecke.

Dr. Manteuffel hob abwehrend die Hände: „Warum fragen Sie mich nicht gleich nach dem Motiv? Wie wäre es mit Raubmord? Aber nein, es sieht hier nicht nach Geld und Gold aus. Ein Eifersuchtsdrama liegt da schon näher. Hübsch genug ist die Kleine. Und Handschuhe, lieber Olsen. Wir leben noch in der kalten Jahreszeit, da trägt man Handschuhe. Nehmen wir an, der Täter kam auf einen kurzen Besuch, zu einer Unterredung, was weiß ich, und da zog er eben seine Handschuhe nicht aus."

„Das gefällt mir schon besser", sagte Olsen.

Dr. Manteuffel, holte sich seinen Zigarrenstummel, betrachtete ihn eine Weile und schob ihn dann in den Mund „Nein, nein, das Motiv zu ergründen überlasse ich Ihnen. Gibt es Kampfspuren?"

„Wir haben mit der Spurensuche noch nicht so recht begonnen. Wir warten auf unsere Experten. Aber wie es aussieht, scheint es nicht der Fall zu sein."

„Na, sehen Sie, da haben wir schon eine kleine Bestätigung."

Olsen musste innerlich lächeln. Dr. Manteuffels Drang, sich an Tatorten als Detektiv zu betätigen, war ihm bekannt.

Dr. Manteuffel verschränkte seine Hände hinter dem Rücken, schritt sichtlich zufrieden auf und ab. Wie im Selbstgespräch sprach er vor sich hin: „Dann hat der Mörder eine Wäscheleine... Halt! keine Wäscheleine, mehr eine Schnur von mittlerer Stärke genommen, der Striemen am Hals der Toten deutet darauf hin, und..." Dr. Manteuffel blieb demonstrativ vor dem Hauptkommissar stehen. „Und", fuhr er fort, „dann tat er das, was man nicht mehr Erdrosseln nennen kann, und womit er uns zu täuschen suchte. Ein alter, bekannter Trick. Zeigen Sie mir doch mal die Schnur, das Corpus delicti."

Olsen zeigte mit dem Finger in Richtung des grünen Kachelofens. „Bitte, da ist es."

Dr. Manteuffel trat an den Ofen, prüfte die beiden vom Messinghaken herabhängenden Schnurenden.

„Na, was habe ich gesagt, mittlere Stärke. sieht mir mehr wie ein Stück Gardinenschnur aus." Er sah mit unverhohlenem Triumph den Hauptkommissar an. „Ist das alles?"

„Natürlich nicht", antwortete Olsen trocken. „Ein paar Meter davon werden sich wohl hinter dem Fenstervorhang finden lassen. Vermute ich."

Als Olsen den Vorhang zurückzog, sah man an der linken Seite in ziemlicher Höhe zwei abgeschnittene Gardinenschnüre herabhängen.

„Bitte, Doktor!" Olsen lächelte. „In der Tat, Ihre Theorie hat Hand und Fuß. Die Höhe, in der die Schnur abgeschnitten wurde, lässt den Schluss zu, dass es eine große Person gewesen sein muss. Sind Sie zufrieden?"

„Nicht ganz Olsen, nicht ganz. Es fehlt noch ein Stück von der Schnur. Nämlich die Schlinge. Zeigen Sie sie mal her. Wie Sie sich denken können, bin ich sehr daran interessiert."

Olsen sah Dr. Manteuffel unschuldig an und blickte sich dann wie suchend um. „Die Schlinge? Natürlich. Irgendwo muss sie ja sein. Eines ist aber klar. Der Mörder kann sie nicht mitgenommen haben. Das wissen wir bereits genau."

Dr. Manteuffel wurde sichtlich aufgeregt. „Sieh mal an. Es wird ja geradezu spannend. Wenn ich richtig verstanden habe, dann ist die Schlinge verschwunden. Gibt es dafür eine Erklärung?"

„Gibt es", brummte Olsen. „Es gibt für alles eine Erklärung. Ist nur eine Frage der Zeit und der Geduld." Und fügte lächelnd hinzu: „Wenn wir die Schlinge haben und nicht mehr benötigen, steht Sie Ihnen selbstverständlich für Ihr privates Polizeimuseum zur Verfügung."

Ernster werdend fuhr der Hauptkommissar fort: „Was mich im Augenblick am meisten interessiert, ist die Tatzeit. Wenn sie mir freundlicherweise darüber etwas sagen würden." Der Hauptkommissar setzte sich wieder in den Schaukelstuhl, wippte hin und her, gespannt auf das wartend, was Dr. Manteuffel in diesem wichtigen Punkt zu sagen wusste. Ohne es eigentlich richtig wahrzunehmen, sah er, wie der Polizeiarzt seinem Köfferchen ein Spezialthermometer entnahm und sich über die Tote beugte.

Es war erneut die Handtasche, die sich in Olsens Gesichtskreis drängte. Was mochte die Ursache der Eile oder Erregung gewesen sein, mit der Kerstin Berthold zum letzten Mal in ihrem Leben das Zimmer betreten hatte und die Handtasche gegen ihre Gewohnheit so nachlässig abgelegt hatte? Natürlich konnte auch der Mörder nach der Tat etwas in der Handtasche gesucht und sie dann so hingelegt haben. Bei diesem Gedanken bremste der Hauptkommissar das Wippen des Schaukelstuhles ab. In der Handtasche hatte er keinen Wohnungsschlüssel gefunden. Auch am Schlüsselbrett neben der Konsole im Korridor nicht.

Dr. Manteuffel, der sein Thermometer mit einer Tabelle verglichen hatte, hob seinen Arm wie ein Eisenbahnsignal.

„Herr Hauptkommissar", begann er im dienstlichen Tonfall. „Nach dem äußeren Leichenbefund und im Zusammenhang mit der Zimmertemperatur können wir mit großer Wahrscheinlichkeit annehmen, dass Kerstin Berthold vor etwa fünfundzwanzig bis dreißig Stunden getötet wurde."

Olsen stand auf. „Das überrascht mich. Mir scheint, das kompliziert die Sache", sagt er stirnrunzelnd. „Demnach ist sie also bereits seit gestern, also Dienstagabend, sagen wir gegen zwanzig, einundzwanzig Uhr, tot." Er biss sich auf die Lippen. „Kein Irrtum möglich, Doktor?"

„Haben Sie etwas anderes erwartet?"

„Ich weiß nicht. Es überrascht mich einfach", wiederholte der Hauptkommissar. „Rund fünfundzwanzig Stunden... sollte der Täter noch einmal zum Tatort zurückgekommen sein?", murmelte Olsen.

„Wenn ich fünfundzwanzig bis dreißig Stunden sage, dann heißt das selbstverständlich grob gerechnet. Abweichungen nach unten oder oben vorbehalten. Aber das wissen Sie ja", erklärte Dr. Manteuffel. Mit erhobener Stimme fuhr er fort: „Jedoch das feststehende Resultat, und das unterschreibe ich, kann ich Ihnen erst nach der Obduktion und der Analyse des Mageninhaltes der Toten nennen."

Der Hauptkommissar trat an das Fenster, schob den Vorhang zur Seite und blickte auf die Straße hinunter. Das Pflaster glänzte noch immer schwarz vom Regen. Unten war inzwischen der Laborwagen vorgefahren und die Männer von der Spurensicherung luden ihre Geräte aus. In diesem Augenblick rollte auch ein größeres, dunkles Fahrzeug heran. Der Wagen vom Gerichtsmedizinischen

Institut. In den Häusern gegenüber ging hier und dort ein Licht an und er entdeckte schemenhafte Gestalten hinter den Gardinen. Die Neugier war wach geworden.

Dr. Manteuffel klappte geräuschvoll sein Köfferchen zu und warf einen letzten Blick auf die Tote.

„Das war es wohl für heute, oder haben wir schon morgen? Kann mich Ihr Dienstwagen zum Institut fahren, Olsen? Mein Skatabend ist sowieso zum Teufel. Schicken Sie mir die Kleine schnellstens hinterher. Sie sollen morgen früh Ihren Bericht haben." Ohne eine Antwort abzuwarten, nickte er dem Hauptkommissar zu und drängte sich an den eintretenden Männern vom Erkennungsdienst vorbei.

„Können wir anfangen, Chef?"

Der Hauptkommissar nickte. „Macht zuerst die Fotos. Danach schickt ihr die Leiche sofort zu Dr. Manteuffel ins Institut."

Hauptkommissar Olsen verließ die Wohnung. Im Hausflur traf er auf den schwer atmenden Obermeister Schulzendorfer.

„Weniger den Dienstsport schwänzen", riet er ihm schmunzelnd. Dann aber gleich wieder ernst werdend: „Und?"

„Nichts Negatives. Laut Hauswart wohnen die Krügers schon seit mehr als zwanzig Jahren im Haus. Länger als der Hauswart und seine Frau. Beide bezeichnen die Krügers als unauffällige, zurückhaltende Menschen. Das Gleiche gilt auch für die Tote."

Olsen schaute zurück in die Wohnung der Toten. „Hier können wir jetzt sowieso nichts mehr tun. Komm, wir sprechen drüben bei den Krügers vor."

\*

Der Hauptkommissar hatte kaum die Hand zum Klingelknopf ausgestreckt, als sich auch schon die Wohnungstür öffnete. Ein großer hagerer Mann mit zerfurchtem Gesicht stand vor ihm. Hinter diesem drängte sich eine Frau, den Hals über die Schulter des Mannes reckend. Sie war von molliger Figur und musste bedeutend jünger als der Mann sein. Olsen schätzte sie auf Anfang vierzig.

„Ich bin Kriminalhauptkommissar Olsen, und das ist", er legte leicht die Hand auf Schulzendorfers Schulter, „Kriminalobermeister Schulzendorfer. Entschuldigen Sie die späte Störung, aber unser Besuch duldet keinen Aufschub. Sie sind Herr Krüger?"

Der hagere Mann machte eine Art linkischer Verbeugung. In sein wie Leder gegerbtes Gesicht kam ein abwartender, ängstlicher Ausdruck.

„Mein Name ist Krüger", sagte er beinahe demütig.

„Aber Frank! Lass doch den Inspektor nicht länger vor der Tür stehen."

„Hauptkommissar", verbessert Olsen.

Die Stimme hinter Krüger wurde sanfter. „Bitte, Herr Hauptmann, treten Sie doch näher."

Olsen gab dem grinsenden Schulzendorfer einen Hieb mit dem Ellenbogen.

„Sehr freundlich", erwiderte er an die Frau gewandt.

„Meistens sagt man ja: es ist uns ein Vergnügen, aber unter diesen Umständen kann davon wohl keine Rede sein. Nicht wahr, Herr..."

„Hauptkommissar", warf Herr Krüger schnell ein, was ihm einen wütenden Seitenblick seiner Gattin einbrachte.

„Ja, natürlich, Herr Hauptkommissar, bitte." Sie ließ Olsen dicht an sich vorbei, wobei Olsen in eine Duftwolke süßlichen Parfüms geriet, und wies ihm den Weg in ein Zimmer. Olsens Blick fiel auf eine Reihe großformatiger, gerahmter Fotos. Auf den meisten war ein kleines Segelboot abgebildet und darauf in verschiedenen Posen Frau Krüger. Die Fotos schienen schon etliche Jahre alt sein. Frau Krüger, im Bikini, sah darauf sehr attraktiv aus. Blond, blauäugig und vollbusig.

Auf einem altmodischen Schreibtisch stand ein aus Steingut imitierter Totenkopf. Daneben lag ein Stapel Zeitschriften mit dem Titel „Du und Dein Schicksal". Ein Jahreskalender trug die Aufschrift „Das Horoskop".

„Der Totenkopf ist eigentlich eine Tischlampe, Herr...", Frau Krüger zögerte unmerklich und fuhr dann mit einem triumphierenden Seitenblick auf ihren Mann fort: „Hauptkommissar, aber wir benutzen sie nicht als solche." Frau Krüger kicherte verhalten. „Mein Mann fand den Schädel originell. Und das andere da ist eine Passion von ihm. Er schwört auf die Sterne. Aber nehmen Sie doch Platz, meine Herren."

Frank Krüger wartete, bis sich seine Frau, der Hauptkommissar und Schulzendorfer gesetzt hatten. Erst dann zog er sich vorsichtig einen Stuhl heran und nahm ebenfalls Platz. Im nächsten Augenblick stand er hastig wieder auf. Ihm schien etwas eingefallen zu sein. Es war aber, wie Olsen bemerkt hatte, der auffordernde Blick seiner Frau gewesen, der ihn nun zum Schreibtisch gehen ließ. Olsen hörte, wie hinter seinem Rücken eine Tür des Schreibtisches aufgeschlossen wurde.

Jetzt wird er mir die Schlinge auf den Tisch legen und sich vielmals entschuldigen, dass er sie in Gedanken eingesteckt hat, sagte sich der Kommissar.

Aber Krüger brachte nur eine Kiste Zigarren. Er stellte sie vor Olsen und klappte sie auf.

Olsens Blick verharrte jedoch auf Krügers Händen. Sie schienen, gemessen an seiner sonstigen Magerkeit, ungewöhnlich groß und fleischig.

„Es sind ausgezeichnete Zigarren, lange abgelagert", erklärte Frank Krüger.

„Sie müssen wissen", warf Frau Krüger ein, „wir hatten bis vor kurzem ein gutgehendes Tabakwarengeschäft in der Hafengegend."

Frank Krüger nickte zustimmend und schüttelte dann den Kopf. „Zigarren, das ist schon lange nichts mehr für mich. Ich habe es mit dem Magen. Psychisch bedingt, wie Dr. Miskau sagt." Krüger hielt dem Hauptkommissar die Kiste hin.

Olsen hob abwehrend die Hände. „Ich rauche schon lange nicht mehr."

„Vielleicht der Herr Kollege…?"

Aber Obermeister Schulzendorfer wehrte ebenfalls ab.

„Ich habe noch nie im Leben geraucht und werde bestimmt nicht mehr damit anfangen."

Bedauernd hob Krüger die Schultern und stellte die Zigarrenkiste wieder ab. Olsen nahm wieder das Wort. Er sah Krüger prüfend an. „Sie sind Patient bei Dr. Miskau. Er hat es mir beiläufig erzählt, ohne jedoch ein Wort von Ihrer Krankheit zu sagen. Er erwähnte es, als er mir von Ihrem Anruf berichtete, nachdem Ihre Frau die Tote entdeckt hatte." Olsen wandte sich Frau Krüger zu. „Damit wären wir bei der Sache."

Sie legte impulsiv beide Hände auf den Ausschnitt ihres Kleides, stieß einen schwachen Seufzer aus und schloss die Augen.

„Mein Gott, schon der Gedanke daran lässt mich frösteln. Schauderhaft! Nie in meinem Leben werde ich dieses Bild los. Wäre ich nur nicht in diese Wohnung drüben hineingegangen. Wir wohnen über zwanzig Jahre in diesem Haus." Frau Krüger rang nach Atem. „Aber Selbstmord in diesem Hause hier…!"

„Mehr als das", antwortete Olsen, „Mord!"

„Mord?" wiederholte Anneliese Krüger entsetzt. „Wenn ich mir vorstelle, dass ich heute Abend auf der Treppe vielleicht dem Mörder begegnet wäre. Nicht auszudenken!"

Olsen nahm das Wort. „Wir wollen es der Reihe nach ordnen und notieren."

War es, weil der Hauptkommissar ihren Redefluss unterbrach, oder weil Obermeister Schulzendorfer jetzt sein Notizbuch zog und auf den Tisch legte. Frau Krüger schien über diese Wende des Gespräches nicht begeistert.

„Jetzt wird wohl jedes Wort auf die Goldwaage gelegt", sagte sie pikiert. „Aber bitte, fragen Sie mich nur, obwohl ich nicht allzu viel zu erzählen habe." Sie fingerte aufgebracht an ihrer Halskette.

„Seit wann kennen Sie, beziehungsweise kannten Sie, Frau Berthold?"

„Von Kennen kann überhaupt nicht die Rede sein. Kennen und Sehen sind zweierlei, Herr Hauptkommissar. Wenn Sie damit meinen, seit wann Frau Berthold hier wohnt, dann kann ich diese Frage beantworten."

„Das meine ich", lenkte Olsen ein.

Anneliese Krüger brauchte nicht lange nachzudenken.

„Wenn ich nicht irre, wird es im Juni dieses Jahres ein Jahr, seit sie hier einzog. Übrigens nur mit wenigen Sachen. Sie kam mit einem Handwagen hier an, gezogen von zwei jungen Männern, die ihr auch beim Hinauftragen halfen."

„Wissen Sie zufällig, ob diese Helfer nähere Bekannte von Frau Berthold waren?"

„Ja, anzunehmen. Sie redete sie jedenfalls mit den Vornamen an. Ich hatte auch den Eindruck, dass sie mit dem einem etwas hatte. Zwei junge, große, kräftige Kerle."

„Erinnern sie sich eventuell an die Namen der beiden?"

„Ich glaube, Robby nannte sie den einen. Der andere ist mir entfallen, war aber auch so eine Abkürzung." Sie zuckte mit den Schultern.

„Haben Sie erfahren können, woher sie kam, wo sie früher wohnte, wo sie arbeitete?", fragte Olsen vorsichtig weiter.

„Keinen Schimmer. Wer hier im Haus weiß überhaupt etwas von ihr? Vielleicht Frau Schulz, unten im Parterre. Die sitzt doch immer am Fenster und beobachtet alles und jeden", fügte Frau Krüger süffisant hinzu.

Innerlich seufzend fragte Olsen weiter. „Gab es denn etwas zu beobachten? Hatte Frau Berthold überhaupt Männerbekanntschaften? Männerbesuche? Besonders in letzter Zeit? Haben Sie diesen Robby oder den anderen Möbelträger wieder gesehen?"

„Also Männerbesuche, von ihrem angeblichen Verlobten zuletzt einmal abgesehen, eigentlich nicht. Vielleicht weiß ich es auch nur nicht. Einige Male habe ich sie mit diesem Robby auf der Straße gesehen. Aber verliebt sahen die beiden nicht aus. Meiner Meinung nach passten die beiden auch nicht zueinander. Er war viel zu groß für sie. Glatt zwei Köpfe größer." Frau Krüger schien jetzt in ihrem Element zu sein. Mit glänzenden Augen beugte sie sich vertraulich zum Hauptkommissar.

„Übrigens mit den beiden war es dann auch bald aus. Wenn, wie gesagt, überhaupt etwas dran war."

Olsen unterbrach den Redeschwall. „Wie lange ist das her?"

„Es ist beinahe nicht mehr wahr. Es war letztes Jahr im Spätsommer. Ich erinnere mich ganz genau. Er hatte auf der Straße, vor der Haustür, auf sie gewartet. Ich kam zufällig vorbei und mir fiel seine ungewöhnliche Sonnenbräune auf. Wissen Sie, Herr Hauptkommissar, so eine Bräune, wie sie Leute haben, die den ganzen Tag am oder auf dem Wasser zubringen. So als Fischer oder Schiffer."

„Und dieser Robby war also ihr angeblicher Verlobter? Wieso eigentlich angeblicher Verlobter?"

Frau Krüger schlug die Hände zusammen.

„Sie haben mich missverstanden, Herr Hauptkommissar. Nicht der Robby. Der war da längst passe´. Und was den Verlobten angeht, so weiß ich auch nichts Näheres. Gott! Ob verlobt oder nicht verlobt. Jedenfalls schien es mir, als hätte sie mit diesem Mann ein festes Verhältnis. Er besuchte sie regelmäßig. Allerdings in der letzten Zeit nicht mehr so häufig. Er hatte auch Schlüssel zu ihrer Wohnung. Er kam, wann er wollte. Meistens am späten Abend."

„Wie sah er aus? Können Sie ihn näher beschreiben? Hatte er irgendwelche auffallende Kennzeichen?"

Frau Krüger leckte sich die Lippen, schüttelte leicht den Kopf und betrachtete ihre auffallend rot lackierten Fingernägel.

„Ist schwer zu sagen, Herr Hauptkommissar. Ich habe ihn nie am Tage gesehen. Er kam immer sehr spät und im Hausflur bin ich ihm nie begegnet."

Sie machte eine ausholende Geste mit der Hand. „Wie sah er aus?" Sie maß Obermeister Schulzendorfer mit den Augen. „Stehen Sie doch mal bitte auf."

Schulzendorfer, sichtlich irritiert, erhob sich langsam.

„Nein", sagte Anneliese Krüger resolut. „Ganz so klein ist er nicht. Aber noch lange nicht so groß wie dieser Robby. Immerhin noch reichlich groß genug für dieses kleine Ding, die Berthold." Sie schloss nachdenklich die Augen. Dann spulte sie eine weitere Beschreibung ab: „Er ist schwarzhaarig, blasses Gesicht und eine schöne gebogene Nase. Ist so eine Art Künstlertyp, möchte ich sagen. Bestimmt ein interessanter Mann."

Was manche Leute doch so alles im Dunkeln erkennen können, sagte sich schmunzelnd Olsen.

„Das nenne ich sehr gut beschrieben", meinte Schulzendorfer. „Wenn Sie uns jetzt noch seinen Namen nennen könnten, dann alle Achtung, Frau Krüger."

Sie fühlte sich sichtlich geschmeichelt, zumal nun auch der Hauptkommissar anerkennend murmelte: „Wirklich, sehr gut beobachtet."

„Moment, Herr Hauptkommissar", sprudelte sie hervor. „Da war mal eine Gelegenheit. Ich hörte draußen auf dem Treppenflur Schritte und schaute durch den Türspion. Dabei hörte ich, wie Frau

Berthold ihren Verlobten, oder wie immer Sie ihn nennen wollen, begrüßte. Ingo nannte sie ihn. Richtig. Jetzt fällt es mir wieder ein. Fein, dass du kommst, Ingo, sagte sie."

Olsen hörte gespannt zu. Also der Verlobte hatte Schlüssel zu ihrer Wohnung, sinnierte er. Das wäre geklärt. Bleibt die Frage, wo sind die anderen Schlüssel, das zweite Bund, das Kerstin Berthold haben musste.

„Wann haben Sie, Frau Krüger, diesen Mann zuletzt gesehen?" fragte er unvermittelt.

Frau Krüger legte ihre Hände an die Schläfen. Diesmal dachte sie wirklich angestrengt nach. Man sah es ihr an.

„War es gestern?", half der Hauptkommissar beim Erinnern.

Sie schüttelte lebhaft den Kopf. „Auf keinen Fall."

„Vorgestern?"

„Nein, auch das weiß ich bestimmt."

„Liegt es länger zurück?", fragte Olsen jetzt, um doch noch etwas zu erfahren.

„Vielleicht vier, fünf Tage", antwortete sie vage.

„Gut. Lassen wir das. Kommen wir noch einmal auf Frau Berthold zurück. Was war sie für eine Frau?"

„Ich fand sie nett und höflich", sagte unvermittelt Frank Krüger. „Ich glaube, sie war ein scheues Geschöpf, wenn ich mal so sagen darf."

„Scheu? Wie – scheu? Wie soll ich das verstehen?"

„Er meint sicherlich verschlossen, Herr Haupt-kommissar. Ich würde eher sagen, sie war sehr zu-geknöpft", mischte sich Frau Krüger ein.

Frank Krüger nickte vor sich hin. „Verschlossen und scheu", flüsterte er. „Mir war, als trüge sie ei-nen großen Kummer mit sich herum."

Frau Krüger kicherte. „Blödsinn, was du da re-dest. Das bildest du dir doch bloß ein. Einfach lä-cherlich. Oder hast du sie nach Ihrem Sternbild gefragt? Wundern würde es mich nicht. Sie lächeln, Herr Hauptkommissar. Von jedem im Haus hat er sich das Sternbild sagen lassen. Horoskope stellt er auf." Anneliese Krüger drückte ostentativ ihren Rücken durch. In ihre Stimme war ein zynischer Klang gekommen.

„Die Berthold war überheblich und eingebildet, genau das! Außer guten Tag, guten Weg hatte sie für niemanden im Haus ein Wort übrig. Sie war ein überspanntes Ding und obendrein eine kleine raffi-nierte Person. Jedenfalls, ich bleibe dabei, was ich gesagt habe und mir denke. Wer so misstrauisch ist, dass er selbst seinen Nachbarn nicht in die Woh-nung lässt, der hat was zu verbergen. Irgendetwas stimmt doch da nicht. Habe ich Recht, Herr Haupt-kommissar?"

„Auch das wollen wir ergründen", antwortete geduldig der Hauptkommissar.

Frank Krüger meldete sich zu Wort: „Frau Bert-hold war ein korrekter Mensch. Das ist meine Mei-nung. Sie ging jeden Tag, jeden Morgen pünktlich aus dem Haus und kam immer zur selben Zeit zurück. Sie war, wenn ich mal so sagen darf, trotz ihrer angeblichen Verlobung ein einsamer Mensch. Dass sie so tragisch ums Leben kommen musste. Ich kann es noch immer nicht begreifen."

Olsen wandte sich an Frank Krüger: „Wissen Sie, wo sie arbeitete?"

„Soviel ich weiß, in einem Büro, irgendwo im Hafen. Ich hab sie nie danach gefragt und sie hat auch nie davon gesprochen."

In diesem Augenblick schnarrte es in der Schwarzwälder Uhr. Aus der kleinen Luke kam wie gehetzt zwölfmal nacheinander der Kuckuck heraus. Gleichzeitig kam, von der Küche her, das Pfeifen eines Wasserkessels.

Anneliese Krüger stand auf, strich sich ihr Kleid glatt und sagte zu Olsen: „Entschuldigen Sie mich einen Augenblick. Ich habe Teewasser aufgesetzt. Darf ich Ihnen ein Glas zubereiten? Ihnen auch?" Sie sah dabei Schulzendorfer einladend an.

Olsen war kein Freund von Tee. Doch zum Erstaunen von Schulzendorfer sagte er: „Gern, wenn es Ihnen nichts ausmacht." Als Frau Krüger das Zimmer verlassen hatte, beugte sich der Hauptkommissar vertraulich zu Frank Krüger hinüber.

„Bedrückt es Sie sehr?"

„Es bleibt nichts anderes übrig, als die Menschen zu nehmen wie sie sind, Herr Kommissar."

Olsen sah, wie Krügers große Hände zitterten.

„Mitunter", antwortete der Hauptkommissar. „Aber das ist es nicht, was ich meine." Er sah Frank Krüger fest an. Unglaublich, wie ein Gesicht so zerfurcht sein konnte. Er war geneigt zu fragen, wie alt Krüger sei.

Olsen lauschte zur Küche hin, wo Geschirrklappern zu hören war. Dann sagte er leise zu Krüger: „Die Gelegenheit ist günstig. Geben Sie mir rasch die Schlinge, die Sie, wie ich denke, versehentlich eingesteckt haben. Es bleibt unter uns." Er zwinkerte Krüger vertraulich zu.

Frank Krüger blickte den Hauptkommissar verwirrt und ängstlich an. In sein Gesicht kam ein hilfloser Zug. Er begann zu stottern.

„Ich… wirklich, ich…"

Olsen zeigte auf einen Stuhl, über dessen Lehne Krügers Jackett hing. „Nun machen Sie schon, sehen Sie nach, bevor Ihre Frau kommt", drängte er.

Frank Krüger, der wortlos und hastig der Aufforderung nachkam, entnahm der Tasche seines Jacketts die Schlinge und reichte sie über den Tisch hinweg dem Hauptkommissar.

„Gibt es sonst noch ein Geheimnis zwischen uns?", fragte Olsen nicht ohne zwingenden Unterton.

Krüger senkte den Kopf. Sein Atem ging kurz. Der eben überwundene Schrecken schien ihn fast erschöpft zu haben.

„Nein, nein, kein Geheimnis", flüsterte er. „Es war nur, wissen Sie, wie soll ich sagen, die Schlinge reizte mich. Können Sie das verstehen?"

Olsen antwortete nicht darauf. „Gibt es noch etwas, das Sie mir sagen möchten?", wiederholte er.

„Dann raus mit der Sprache. Ich hoffe, Sie haben mich verstanden?"

„Es ist nur... falls es Sie überraschen sollte, aber Sie werden es vielleicht schon entdeckt haben, drüben in der Wohnung liegt ein Exemplar der Zeitschrift ‚Die Sterne und Du‘. Es gehört mir. Ich habe es abonniert und mein Name steht drauf. Vorgestern hatte ich es Frau Berthold geliehen. Wir begegneten uns auf der Treppe und haben ein paar Worte miteinander gesprochen. Das Heft ist die Februarausgabe für Wassermänner, also ich meine, für Menschen, die unter dem Sternkreis des Wassermannes geboren wurden. Weil doch ihr Verlobter unter diesem Zeichen geboren ist, wie sie mir sagte. Sie interessierte sich dafür. Das ist alles, Herr Hauptkommissar, und ich wäre Ihnen dankbar, wenn ich das Heft, ohne dass es meine Frau..."

Olsen schnitt ihm das Wort ab. „Schon gut. Lässt sich vielleicht einrichten."

Der Tee kam und wurde für den Hauptkommissar trinkbar durch die reichliche Zugabe von Rum, den Frau Krüger dazu anbot.

„Ja, das belebt", sagte Olsen lächelnd zur Hausfrau.

„Bleibt noch ein Punkt zu klären. Wann wurde die Tat entdeckt? Und hier, Frau Krüger, wird Ihre Aussage von Wichtigkeit sein."

Sie nickte, befriedigt, wieder im Mittelpunkt des Gesprächs zu stehen.

„Auf die Minute genau kann ich die Zeit angeben", erwiderte sie nicht ohne Stolz in der Stimme.

„Großartig! Doch zuvor noch diese Frage: Wie verlief ihr heutiger Abend?"

„Reimers kamen um acht zum Fernsehen herauf."

Frank Krüger stieß den Finger in Richtung Fußboden. „Reimers wohnen unter uns", erklärte er gelassen und übersah den zurechtweisenden Blick seiner Frau.

„Es gab einen Western", fuhr Frau Krüger fort, „der um viertel neun begann und gegen zehn zu Ende war. Ein spannender Film. Sehr aufregend."

„Mit viel zu viel Schießerei", monierte Frank Krüger.

„Was sind das für Nachbarn?"

„Ein älteres Ehepaar, so um die Fünfzig herum. Sie wohnen beinahe so lange wie wir im Haus. Es sind nette Leute. Wir treffen uns gelegentlich zum gemeinsamen Fernsehen."

Olsen rieb sich die Stirn. „Öffneten Sie oder Ihr Mann die Tür, als Reimers kamen?"

„Ich", sagte sie resolut. „Ich gehe immer zur Tür, wenn es klingelt." Sie tippte ihren Mann auf die Schulter. „Übrigens warst du ja von deiner Besorgung noch nicht zurück. Du kamst erst gegen halb neun, da lief der Western schon."

„Denken Sie mal gut nach, Frau Krüger. Fiel Ihnen, als Reimers kamen, etwas an Frau Bertholds Wohnungstür auf?"

„Zu diesem Zeitpunkt nicht. Ich hatte auch keine Veranlassung, besonders aufmerksam hinzusehen.

Selbst wenn ich es gewollt hätte, konnte ich es nicht, weil mir doch Reimers die Sicht nahmen."

„Gut, dann bestand die Möglichkeit, dass die Tür nur angelehnt war."

Anneliese Krüger schüttelte energisch den Kopf. „Nein, das glaube ich nicht. Die Tür war zu, darauf möchte ich schwören. Auch schon die Stunde vorher, denn ich war zweimal am Spätnachmittag einkaufen. Das letzte Mal bin ich kurz vor sieben an der Wohnungstür der Berthold vorbei gegangen. Nein, mir wäre das aufgefallen", sagte sie entschieden.

„Bleibt immer noch eine Differenz von einer Stunde, bis Reimers heraufkamen", sagte Olsen mehr zu sich selbst. „Und Sie, Herr Krüger, der gewissermaßen als letzter an der Tür vorbeikam, haben Sie nichts bemerkt? Wo waren Sie überhaupt?"

„Nichts habe ich bemerkt. Ich bin so in Gedanken versunken zu unserer Wohnung hinaufgegangen, dass ich überhaupt auf nichts geachtet habe." Er schien Olsens Frage überhört zu haben.

„Woran dachtest du denn so viel?", fragte scheinheilig seine Gattin.

„Du weißt doch, ich war bei Hellmann, habe mit ihm über das Motorboot verhandelt. Er wollte mehr, als wir vorher abgesprochen hatten. Darüber habe ich nachgedacht."

„Ich hätte gerne die Adresse dieses Herrn Hellmann", mischte sich nun Kriminalobermeister Schulzendorfer in das Gespräch. Nachdem Schulzendorfer die angegebene Adresse notiert hatte, fragte Olsen weiter. „Und während dieser Fernsehsendung haben sie beide nichts Verdächtiges draußen gehört? Natürlich nicht, der Film war ja ziemlich laut", beantwortete Olsen sich selbst die Frage.

„Doch, ich habe was gehört."

Olsen zog die Augenbrauen hoch.

„Ich will es nicht beschwören, aber mir war so, als ginge unten die Haustür zu. So hat es sich angehört. Wissen Sie, Herr Hauptkommissar, unsere Haustür fällt nämlich ziemlich laut ins Schloss, deshalb fangen wir sie immer ab, damit es nicht gar zu sehr schallt. Etwa so ähnlich war das Geräusch, das ich hörte. Irgendjemand hatte die Haustür ins Schloss fallen lassen."

„Wann, wie spät war es?"

Ihre Antwort kam umgehend: „Als ich Reimers hinausließ. Der Western war zuende. Es war genau fünf Minuten nach zehn. Herr Reimer wollte gehen. Er ist als Wachmann beschäftigt und muss morgens früh aufstehen. Daraufhin gingen beide. Ich brachte sie bis zur Wohnungstür, winkte ihnen noch kurz nach und dann", Frau Krüger zwirbelte nervös ihre Perlenkette, „dann fiel mein Blick auf die Tür drüben. Ich wurde stutzig und sah genauer hin. Die Tür war nur leicht angelehnt." Frau Krüger schwieg.

„Und dann? Was weiter?"

„Ja, was weiter. Anfänglich wollte ich mich zurückziehen. Ich sagte mir, vielleicht ist der Verlobte im Begriff zu gehen und kommt gleich heraus.

Sie verstehen, Herr Hauptkommissar, ich wollte nicht als Neugierige überrascht werden."

„Verstehe", erwiderte Olsen. „Aber es ging dann wie weiter?"

„Ich blieb dann doch auf dem Treppenabsatz stehen. Ich lauschte zur angelehnten Tür hin. Nichts war zu hören. Langsam kam mir das alles ein wenig unheimlich vor. Da kam mir der Gedanke, sollte die Berthold etwa fortgegangen sein und vergessen haben die Tür zu schließen? Eigentlich ging sie zu so später Stunde nicht mehr fort. Ich habe auch manchmal gehört, dass sie gleich, wenn sie ihre Wohnung betrat, die Tür hinter sich abschloss."

Während Anneliese Krüger berichtete, hatte Olsen den Kopf in den Nacken gelegt und die Augen geschlossen.

„Sie hören ja gar nicht zu, Herr Hauptkommissar. Interessiert Sie das alles überhaupt?"

„Sehr sogar", sagte Olsen und öffnete die Augen.

Sie räusperte sich. „Angenommen, so sagte ich mir, die Berthold war eben erst nach Hause gekommen und hatte vergessen, die Tür zu schließen, hatte ich da nicht das Recht, sogar die Pflicht, anzuklopfen, um es ihr zu sagen?"

„Unbedingt, selbstverständlich!"

„Ich tat es auch", antwortete selbstbewusst Anneliese Krüger. „Ich rief zuerst ihren Namen und ging dann, als sich nichts rührte, niemand antwortete, einfach hinein. Gott ja, ich war auch ein wenig neugierig." Sie zupfte verlegen an ihren Haaren. „Ich war ja noch nie in ihrer Wohnung gewesen. Wir haben alle unsere Schwächen, Herr Hauptkommissar."

Olsen nickte stumm, fragte aber sogleich: „Brannte Licht in der Wohnung?"

„Nur in ihrem Zimmer. Die Tür stand auf, dadurch wurde, wenn auch schwach, der Flur ein wenig beleuchtet. Ich rief wieder hallo, bei jedem Schritt hallo, bis zur offen stehenden Zimmertür. Dann sah ich sie. Schrecklich. Alles andere können sie sich vorstellen."

Frank Krüger leckte sich die trocken gewordenen Lippen.

„Ich saß ahnungslos vor dem Fernseher, als plötzlich hinter mir meine Frau stand und atemlos sagte: Die Berthold hat sich erhängt. Ich sagte: Lass den Quatsch. Und sie: Dann geh und sie selbst nach. Daraufhin lief ich schnell hinüber, sah das Unglück, rannte wieder zurück, in unsere Küche, nahm ein Messer und schnitt sie dann ab. Ich legte sie auf die Couch und lockerte die Schlinge. Mein Blick fiel auf die umgekippte Fußbank am Ofen. Mir kam nie der Gedanke, dass sie ermordet worden sein könnte." Bekümmert legte er beide Hände an die Schläfen. „Wer könnte sie ermorden? Wer wäre dazu fähig?", sagte er traurig. „Ich rannte wieder in unsere Wohnung und telefonierte mit Doktor Miskau. Dann wartete ich unten an der Haustür, bis er kam."

„War die Haustür offen?"

„Ja", antwortete Krüger ohne zu überlegen.

„Wissen Sie das genau? Sie waren doch sicher aufgeregt", meinte Olsen mit besänftigender Stimme.

„Ich weiß es genau, weil ich keinen Haustürschlüssel bei mir hatte. In der Aufregung und Eile vergaß ich ihn einzustecken. Das ganze Bund. Das merkte ich erst, als ich auf Dr. Miskau wartete."

Anneliese Krüger trommelte ungeduldig mit den Fingerspitzen auf den Tisch.

„Herr Hauptkommissar", begann sie wichtig. „Bei uns schließt jeder Mieter nach acht Uhr die Haustür hinter sich zu. Das war schon immer so. Wenn Sie meine Meinung hören wollen: Nur der Mörder kann in seiner Hast die Haustür offen gelassen haben." Anneliese Krüger sah Olsen mit blitzenden Augen an. „Und die Schlüssel, ich sagte es schon, die Schlüssel besitzt der Verlobte."

„Warum sollte er das getan haben", sagte halblaut, mit trauriger Stimme Frank Krüger. „Ich kann es mir nicht vorstellen."

Was alles kann man sich nicht vorstellen, dachte Olsen, der sich nun erhob.

*

Es war halb eins durch, als sich der Hauptkommissar wieder in den Schaukelstuhl am Fenster setzte. Der Fotograf war inzwischen verschwunden und auch die Tote hatte man fortgeschafft.

Nur Kommissar Neubert, der Spezialist vom Erkennungsdienst, suchte am Kachelofen noch nach Fingerspuren.

Obwohl die Wohnung schon durchsucht worden war, begann sich Obermeister Schulzendorfer mit den Büchern zu beschäftigen, die auf dem Regal standen.

„Was entdeckt, Neubert?", fragte Olsen.

„Ein paar Fingerabdrücke. Leider immer die gleichen und die stammen, wie die Vergleichsfolie zeigt, alle von der Toten. Mir scheint, hier wurde mit Handschuhen gearbeitet. Ein geleckter Tatort."

„Wie steht es mit den Fußspuren auf dem Teppich? Es hatte doch geregnet."

„Außer unseren Spuren am Rand ist da eine schwache, ältere Spur. Eine große Fußspur. Ich habe sie mit dem Spezialfilter fotografiert. Scheint, als wäre jemand auf Zehenspitzen gegangen."

„Wie gegangen?", wollte der Hauptkommissar genauer wissen. „Hinein oder hinaus?"

„Hinaus", antwortete der Kommissar. „Das scheint mir sicher. Man erkennt nur die halbe Sohle, und zwar die eines spitz zulaufenden Männerschuhs. Wie gesagt, nur eine schwache Spur, von der sich leider auch nicht auf das Gewicht des Trägers schließen lässt. Die Schrittlänge könnte zu einer größeren Person gehören."

Olsen ruckte unruhig auf dem Schaukelstuhl hin und her. Was bedeutete schon eine Fußspur. Möglich, dass sie der Täter hinterlassen hatte, musste aber nicht so sein. In Olsen kamen allerlei Zweifel auf. Von dem Mann, der abends in dieser Wohnung war, hatte er eine bestimmte Vorstellung. Seine Überlegungen wurden von Schulzendorfer unterbrochen, der immer noch interessiert vor dem Bücherregal stand.

„Nun seht euch das an. Alles Kinderbücher!"

„Sie las eben gerne Märchen", meinte Kommissar Neubert. „Ich habe auch lange welche gelesen."

„Dass ein erwachsener Mensch nur Märchenbücher im Regal hat, finde ich seltsam", sagte Schulzendorfer.

Olsen schloss die Augen. Er sah Kerstin Berthold bäuchlings auf der Couch liegen, den Kopf in die Hände gestützt und Märchen lesen. Dazu knabberte sie Kekse oder Bonbons, die auf dem Tisch lagen, wo die kleine Tischlampe ihr gelbliches Licht verbreitete.

„Sind es neue Bücher?"

„Meistens älteren Datums. Abgegriffen und zum Teil bekritzelt, wie wir es als Kinder auch mitunter mit unseren Büchern getan haben. In einem steht auch ein Name. Rolf Berthold, mit typischer Kinderhandschrift geschrieben. Vielleicht ein Bruder oder sonstiger Verwandter von ihr."

„Gib mal her. Immerhin ein erster, winziger Anhaltspunkt. Der Name eines Verwandten."

Schulzendorfer reichte ihm das Buch. Es war eine illustrierte Ausgabe von ‚Hauffs Märchen'. Der Hauptkommissar blätterte, betrachtete lächelnd die Bilder, die an einigen Stellen mit Buntstiften nachgezogen waren. Zwischen zwei Buchseiten lag eine gepresste, getrocknete Blume.

Kommissar Neubert, inzwischen mit der Untersuchung des Kachelofens fertig, fasste gegenüber dem Hauptkommissar zusammen: „Also, wie ich schon sagte, ein Tatort wie geleckt, wie er, so möchte ich meinen, in meiner Praxis noch nicht vorgekommen ist. In Schrank und Schubkästen ist alles akkurat geordnet. Höschen und Hemdchen hübsch sortiert und die Taschentücher mit rosa Bändchen verschnürt. Alles wie in einer Ausstellungsvitrine. Hier wurde nichts genommen und nichts hinzugefügt und, es sieht so aus, auch nichts gesucht. Nirgendwo was Schriftliches für uns von Interesse. Nicht die Spur einer Adresse, wo sie gearbeitet hat. Überhaupt keine Adressen, kein Schriftverkehr. In einem Kästchen einhundertzwanzig Euro in Scheinen und etwas Silberschmuck. Alles in allem: Sieht wie ein perfektes Verbrechen aus."

„Unsinn", erwiderte Olsen unwillig. „Vielleicht ein geschickt verübtes, aber nie ein vollkommenes. Es gibt keine absolut sichere Methode, ohne eigenes Risiko einen Mord zu begehen. Auch diesen hier werden wir aufklären. Wir wissen, was geschehen ist, wer die Ermordete ist, wann die Tat verübt wurde, jedenfalls so gut wie sicher. Allerdings wissen wir noch nicht, weshalb und von wem sie umgebracht wurde."

„Keine Spuren, kein Motiv. Vielleicht war es ein Gelegenheitsmord, obwohl nichts darauf hinweist", meinte Kommissar Neubert.

„Gehen wir einmal davon aus, dass Dr. Manteuffel die Todeszeit richtig errechnet hat", warf Obermeister Schulzendorfer ein. „Trotzdem wissen wir nicht, wann der Mörder die Wohnung betreten hat. Irgendetwas stimmt da nicht. Ich gehe davon aus, dass der Mörder die Wohnungstür nicht offengelassen hat, denn sonst wäre die Tat schon gestern oder heute im Laufe des Tages entdeckt worden. Eine angelehnte Tür wäre der Nachbarin nicht entgangen. Aber heute stand sie offen. Und damit ergibt sich die Frage: Wer war heute Abend in der Wohnung?"

Hauptkommissar Olsen nickte seinem engstem Mitarbeiter anerkennend zu.

„Wohl kaum der Täter. Das ist jedenfalls meine Meinung. Wir müssen schnellstens den Verlobten finden. Vielleicht wissen wir dann, wer heute am Abend in der Wohnung war und warum. Und unter Umständen auch, wer im Polizeirevier angerufen hat."

„Kann es nicht doch der Täter gewesen sein?", meldete sich Kommissar Neubert wieder zu Wort. „Was wissen wir, was ihn veranlasste, den Tatort ein zweites Mal aufzusuchen. Er hat vielleicht etwas liegenlassen, was er unbedingt zurück haben wollte. Kann doch sein."

Es entstand eine Pause, in der die Kriminalisten in Gedanken Theorien aufstellten und wieder verwarfen.

„Gewaltsam ist der Mörder nicht eingedrungen. Davon können wir aus der bisherigen, wenn auch nur oberflächlichen, Untersuchung des Türschlosses ausgehen", führte Neubert, der Spurenexperte, seine Gedanken weiter. „Der Mörder wird sie gekannt haben und sie ließ ihn deshalb unbedenklich ein."

Olsen unterbrach die Gedankengänge. „Wir müssen morgen die Eltern der Toten aufsuchen, die können uns hoffentlich weiterhelfen, auch bei der Suche nach diesem Ingo. Außerdem müssen sie über den Tod ihrer Tochter informiert werden."

Der Hauptkommissar wandte sich an Schulzendorfer. „Ein Auftrag für dich. Wende dich an das Melderegister. Wir wissen, wann und wo Kerstin Berthold geboren ist. Vielleicht wohnen ihre Eltern noch unter ihrer alten Anschrift. Wir könnten das auch telefonisch erledigen, aber besser, du fährst nach Hagen. Erkundige dich, wer Auskunft geben kann über die Tote, ihre Eltern und sonstige Verwandtschaft und Bekanntschaft."

„Hagen?", wiederholte gedehnt Schulzendorfer.

„Ist nicht weit von hier. Ein Städtchen von knapp fünftausend Einwohnern. Du kannst dich dort nicht verlaufen. Es dürfte auch nicht schwerfallen, jemanden zu finden, der etwas über Kerstin Berthold erzählen kann."

Olsen überlegte, dann sah er Kommissar Neubert an. „Wo ist eigentlich das zweite Paar Wohnungsschlüssel?"

„Wurde nicht gefunden. Der Täter wird es mitgenommen haben."

„Auch meine Meinung", warf Schulzendorfer ein. „Klar, er musste doch damit rechnen, dass die Haustür verschlossen ist, als er den Tatort verließ."

„Und dann meldet er seinen zweiten Besuch der Polizei?", äußerte Olsen zweifelnd.

„Also auch keine brauchbare Spur", resignierte Schulzendorfer.

„Moment", erwiderte der Hauptkommissar, „sicher gibt es irgendeine Spur, wir haben sie nur bisher nicht entdeckt, einfach übersehen, etwas vielleicht ganz Offensichtliches. Wir stehen wie immer vor der Aufgabe, Unsichtbares sichtbar zu machen. Immerhin wissen wir bereits allerhand", gab Olsen weiter zu bedenken. Er trat jetzt an die Kommode, auf der die kleine Tischlampe brannte.

„Das ist nicht der übliche Platz der Lampe, scheint mir. Sehen Sie sich das einmal näher an, Neubert."

Auf der Kommode aus mattiertem Eichenholz standen ein Holzleuchter mit einer weißen Haushaltskerze, eine Glasschale mit Deckel und ein Sparschwein aus bemalter Keramik. Olsen schüttelte das Sparschwein. Es klapperten wenige Münzen. Er hob den Deckel der Glasschale. Sie war bis zum

Rand gefüllt mit grünen, uneingewickelten Bonbons. Olsen überließ jetzt Kommissar Neubert das Feld.

An der rechten Seite des Bücherbords fiel ihm ein größeres, etwas vorstehendes Buch auf. Ein in helles Kunstleder eingebundenes Fotoalbum. Hauptkommissar Olsen zog es hervor und setzte sich damit wieder in den Schaukelstuhl.

„Herr Hauptkommissar", sagte Kommissar Neubert, „auf der Kommodenplatte sind schwache, frische Kratzer, eher Schleifspuren in der Politur zu erkennen. So, als hätte jemand hart und hastig die Lampe abgesetzt. Mit dem Lampenstiel haben wir kein Glück. Es gibt zwar Fingerabdrücke, aber sie sind verwischt, nicht brauchbar."

Der Hauptkommissar hatte das Fotoalbum auf seine Knie gelegt, die erste Seite umgeschlagen, aber er starrte, ohne es sich dessen bewusst zu werden, noch immer zur Kommode hinüber, zur Tischlampe. Mit ihr muss etwas vorgegangen sein, sagte er sich. Kerstin Berthold hat sie so, ganz gegen ihren Ordnungssinn, sicherlich nicht abgestellt. Er ließ die Seiten des Albums durch die Finger gleiten und registrierte dabei im Stillen, dass unter einigen Fotos Namen und Daten vermerkt waren.

Obermeister Schulzendorfers Stimme drang zu ihm durch: „Wenn die Lampe wie vermutet dort auf dem Couchtisch gestanden hat, warum nahm sie der Mörder, der muss es wohl gewesen sein, herunter und stellte sie auf die Kommode?"

„Wahrscheinlich, um uns zu täuschen", meinte Neubert.

Olsen klappte das Fotoalbum zu, stand auf, legte es ins Regal zurück und trat an den Couchtisch. Er beugte sich darüber. Gefühlsmäßig war es für ihn der engere Kreis des Tatortes. Er hatte hierfür keine Erklärung. Es war einfach so. „Nicht um uns zu täuschen", sagte er halblaut an niemand Bestimmtes gewandt. „Es muss etwas anderes vorgegangen sein."

Er rieb sich die Stirn und sah die beiden Männer an. Sie hatten graue Gesichter, sie waren zermürbt und müde vom langen Arbeitstag.

„Wir sollten schlafen gehen, das wäre das Beste", sagte Olsen. „Aber ich habe noch Hunger und hätte gerne eine Kleinigkeit gegessen. Wer geht mit?"

\*

Schulzendorfer war mitgegangen. Nun saßen die beiden im „Goldenen Anker", einer Nachtkneipe, in der überwiegend die Schichtarbeiter des Hafens verkehrten. Und natürlich Nachtschwärmer. Leute, die, vom grellen Neonlicht angezogen, hier mehr oder weniger schwankend hineinstolperten, noch etwas erleben wollten.

Olsen hatte sich Labskaus bestellt, die Spezialität des Hauses. Schulzendorfer schlürfte an einem großen Bier und liebäugelte, wie Olsen bemerkte, mit einer hübschen Brünetten, die zwei Tische weiter mit einer nicht weniger attraktiven Blonden saß. Die beiden tuschelten miteinander und blickten verstohlen herüber.

Schulzendorfer ahnte nicht, dass diese Blicke dem Hauptkommissar galten, der von der brünetten Schönheit erkannt worden war.

„Vorsicht", murmelte Olsen am Gabelstiel vorbei. „Es sind keine Engel, sondern raffinierte Biester. Besonders die Brünette. Zweifellos sehr hübsch, aber kein unbeschriebenes Blatt. Sie könnte deiner Karriere gefährlich werden."

Schulzendorfer wandte Olsen ruckartig den Kopf zu. Seine Augen fragten, wie er das verstehen sollte.

„Ich kenne diesen aufgetakelten Nachtfalter. Sie war mal in dubiose Geschäfte verwickelt. Hehlerei. Sie verkaufte Diebesgut über ihre Boutique. Anzunehmen, dass sie dicker in diesem Geschäft drin war, als man es ihr damals nachweisen konnte. Sie hatte sich dank eines gerissenen Anwalts herausschwindeln können. Alles mitgekriegt?", flüsterte der Hauptkommissar leise.

Dann sagte er betont laut: „ Das Essen war gut und mir geht es wieder besser."

„Hast du schon eine Idee?", fragte Schulzendorfer, etwas verwirrt über die ihm zugeflüsterte Erklärung. Das war das einzige, was ihm soeben einfiel, um überhaupt etwas zu sagen.

„Natürlich habe ich eine Idee", Der Hauptkommissar lächelte. „Zum Beispiel die, dass ich noch etwas trinken möchte. Nicht hier, anderswo. Wenn du willst, kannst du mitkommen."

\*

Um zwei Uhr klingelten sie an der Tür zum Gerichtsmedizinischen Institut. Sie mussten ziemlich lange warten, ehe sie Schritte vernahmen. Dann hinter der Tür eine barsche Stimme: „Wer ist da, was gibt's?"

„Machen sie auf, Wagner! Die Polizei braucht reinen Alkohol."

Über den Toreingang ging eine Lampe an. Ein Riegel wurde zurückgeschoben, dann stand Wagner, Dr. Manteuffels Sektionsgehilfe, in seiner weißen Gummischürze vor ihnen.

„Na so was! Sie sind es, Herr Hauptkommissar. Um diese Zeit habe ich Sie hier noch nie gesehen. Geschweige denn erwartet."

„Soll auch nicht wieder vorkommen, so hoffe ich. Hat der Doktor die Kleine schon untersucht?"

„Ja, er ist eben damit fertig geworden. Kommen Sie, ich führe Sie hin."

Auf dem Flur roch es typisch nach Leichenschauhaus. Säuerlich und süßlich zugleich, nach Formalin und Spiritus. Schulzendorfer, der noch nie an einer Autopsie hatte teilnehmen müssen, wurde immer langsamer.

„Komm schon", meinte Olsen grinsend. „einmal ist immer das erste Mal. Außerdem ist der Doktor schon fertig."

Als sie den Raum betraten, in dem die Autopsien vorgenommen wurden, stand Dr. Manteuffel am Waschbecken und bürstete sich sehr sorgfältig die Hände. Im Mund hatte er den unvermeidlichen kalten Zigarrenstummel, den er anscheinend auch beim Sezieren nicht herausnahm. Seine Augen leuchteten belustigt auf, als er Olsen und Schulzendorfer sah.

„Sie haben es diesmal aber sehr eilig, Olsen. So kenne ich Sie ja gar nicht. Oder können Sie nicht schlafen? Vielleicht zu hoher Blutdruck?"

Olsen machte ein unschuldiges Gesicht. „Wir wollten noch ein wenig frische Luft schnappen, nichts weiter. Auf dem Weg sind wir hier zufällig vorbei gekommen."

„Wie ich mir denken kann", kicherte der kleine Polizeiarzt.

„Na ja, als wir in Ihrer Zauberküche Licht sahen, da sagten wir uns, mal sehen, wie es dem guten alten Dr. Manteuffel geht."

„Ungemein freundlich, lieber Olsen. Ja, frische Luft tut immer gut." Dr. Manteuffel schielte über den Brillenrand zum Hauptkommissar hinüber. „Sonst nichts? Haben Sie schon eine Spur?"

„Was für eine voreilige Frage, Doktor. Wir haben es mitten in der Nacht und seit der Tatortbesichtigung sind erst gerade ein paar Stunden vergangen. Sie wissen so gut wie ich, dass bei einem Mordfall entweder materielle Interessen eine Rolle spielen, oder es handelt sich um ein Drama. Um eine Liebesgeschichte, um Leidenschaften in allen ihren Formen."

„Und wie", erwiderte mit pfiffiger Miene Dr. Manteuffel. „Drama, eine Liebesgeschichte, das unterstelle ich in diesem Fall besonders. Denn hier gibt es dazu einen besonderen Bezug. Allerdings, den Herr Hauptkommissar, konnten Sie nicht ins Kalkül ziehen."

Olsen lächelte. „Sie machen mich neugierig. Ich bin ganz Ohr."

„Warten Sie. Ich verrate es Ihnen gleich. Zuvor noch meine Frage: Was haben Sie wirklich auf dem Herzen?"

„Mehr in meiner Tasche", flüsterte der Hauptkommissar geheimnisvoll. „Wir haben die Schlinge. Wie gefällt Ihnen das?"

„Wundervoll! Dann rasch her damit. Eventuell kann ich Ihnen dafür etwas Gleichwertiges bieten. Wie wäre es denn mit einem Mordmotiv?" Dr. Manteuffel nahm die Brille ab, hauchte gegen die Gläser und blinzelte den Hauptkommissar an. „Sie haben doch noch keins gefunden, oder?"

„Wir haben zu allererst Appetit auf einen von Ihren kräftigen Magentröstern", erwiderte Olsen. Ihm schien, als sei Schulzendorfers ernstes Gesicht, nachdem er zu lange zum Edelstahltisch hinübergeschaut hatte, wo Wagner jetzt gerade die Leiche Kerstin Bertholds zudeckte, um einen Schein blasser geworden.

„Kommen Sie herein in die gute Stube." Dr. Manteuffel öffnete die Tür zu seinem Büro, stellte Gläser auf den Tisch und holte aus einem Wandschrank, dessen Tür einen Aufkleber mit einem

Totenkopf und dem Wort „Gift" trug, eine kantige Flasche.

„Wacholder räumt innerlich gut auf", sagte er in Schulzendorfers Richtung. Dann sah er den Hauptkommissar an und seine Miene wurde ernst. „Gut, wenn Sie schon mal da sind, dann kann ich ja gleich amtlich berichten."

Olsen stützte seinen Kopf in beide Hände und blickte erwartungsvoll den Polizeiarzt an.

„Bei der Toten waren Herz, Lunge, Magen alles in bester Ordnung. Kein Alkohol, keine Spuren von Gift, nirgendwo Einstichstellen von Rauschgiftspritzen. Wie sie ums Leben kam, habe ich Ihnen bereits gesagt.

Daran hat sich nichts geändert. Auch nicht an der Zeit des Eintritts ihres Todes. Kaum eine wesentliche Differenz. Es bleibt bei rundgerechnet fünfundzwanzig Stunden. Und dies noch. Keine Vergewaltigung, keine Spuren von Sperma. Allerdings, unberührt war die Kleine nicht. Keine virgo intacta."

Olsen nickte fast unmerklich. „Habe ich auch nicht erwartet", erwiderte er trocken und nahm einen Schluck vom hochprozentigen Wacholder.

Auch Dr. Manteuffel erhob sein Glas, hielt es aber nur vor seinen Mund und sagte: „So, und nun zum Drama. Kerstin Berthold war im vierten Monat schwanger. Könnte nicht dahinter ein Motiv stecken? Eine Spur? Was halten Sie davon?"

Olsen wiegte nachdenklich seinen Kopf. „Das wäre durchaus möglich. Warum nicht. Andererseits muss man sich auch vor Trugschlüssen hüten."

„Nun sagen Sie nur, dieser Befund hätte für Sie keinen Wert", sagte herausfordernd der Polizeiarzt.

„Aber ja. Dass Kerstin Berthold schwanger war, könnte ein auslösendes Moment dieser Geschichte, doch genauso gut völlig ohne Belang dafür sein."

Dr. Manteuffels Gesichtsausdruck verriet, dass er mit dieser Bemerkung allein nicht einverstanden war. „Ist das alles, Olsen?"

„Nicht alles, natürlich nicht."

Der Doktor begann sich zu ereifern. „Sie wissen als Kriminalist besser als ich, dass man sich nur in den Grenzen des Wahrscheinlichen bewegen kann und muss. Die Wahrscheinlichkeit, dass der Vater jenes ungeborenen Kindes der Mörder ist, liegt nahe. Haben wir doch alles schon gehabt. Verlobter will kein Kind und so weiter…"

Olsen überlegte. „Sie haben richtig geraten, es gibt in dem Drama, soweit wir gehört haben, einen Verlobten. Wir kennen ihn noch nicht".

Schulzendorfer ließ ein Räuspern hören.

„Wolltest du was sagen?" fragte der Haupt-kommissar.

„Na ja, ich tippe auf den Mann, der was mit ihr hatte."

„Du meinst den Vater des Kindes?"

„Genau", erwiderte der Kriminalmeister. „Da denke ich so wie der Doktor."

„Wir werden sehen. Aber lassen wir das, denn jetzt kommt was Handfestes, jedenfalls für den Doktor." Olsen nahm die Schlinge aus der Tasche und legte sie, in ihrer Plastikhülle, beinahe feierlich auf den Tisch.

Der Polizeiarzt, als fanatischer Sammler von Mordwerkzeugen bekannt, zog sie lustvoll an sich.

„Nur zum Ansehen", sagte der Hauptkommissar gespielt streng und hob abschirmend seine Hand. „Vorläufig ist es noch amtliches Beweismaterial."

„Man wird sie doch mal vorsichtig anfassen dürfen. Ein solches Stück habe ich noch nicht", beteuerte Dr. Manteuffel wie verliebt. „Das Corpus delicti ist mir doch sicher, Olsen?"

„Aber Doktor, in Ihrer Folterkammer haben Sie mindestens ein Dutzend davon."

„Nicht von der Sorte", erwiderte Dr. Manteuffel ernsthaft.

„Was fasziniert Sie denn daran?" fragte der Hauptkommissar erstaunt, dem des Doktors auffälliges Interesse an der Schlinge nicht entgangen war.

„Still, Olsen! Ganz still! Ich glaube, da haben wir noch eine Spur. Ich möchte sagen, das bringt uns der Person des Täters näher." Dr. Manteuffel betrachtete die Schlinge jetzt, nachdem der Hauptkommissar seine schützende Hand weggezogen hatte, eingehend mit einem Vergrößerungsglas.

„Schade, dass ich sie nicht herausnehmen darf."

„Leider nicht, Doktor. Die Schlinge muss noch ins Labor. Sie wollen heute wohl unbedingt Detektiv spielen. Kommissar Neubert, unser Spurenfachmann, hat die Schlinge schon in seinen Händen gehabt und mit einer stärkeren Lupe betrachtet. Er hoffte eine Faser von einem Handschuh zu finden, die möglicherweise der Täter beim Binden der Schlinge…"

„Ach was, Faser", unterbrach der Polizeiarzt hastig. „Sehen Sie sich mal genau diesen Palsteg an. Gemeinhin als Knotenschlinge bezeichnet. Fällt Ihnen daran etwas auf?"

„An diesem Knoten?", fragte der Hauptkommissar vorsichtig. „Nichts, was ich im Moment sagen könnte."

„Aha, da haben wir es. Nicht in diesem und nicht im nächsten Moment, mein Lieber, sofern Sie nicht wissen, was ein Palsteg ist."

„Zugegeben, da haben Sie mir etwas voraus." Olsen blickte neugierig auf Dr. Manteuffels Finger, die den Beutel mit der Schlinge drehten und wendeten.

„Keine Frage", sagte Dr. Manteuffel, „der Mann, der diesen Knoten knüpfte, könnte Wassersportler sein, vielleicht Fischer oder Seemann. Jedenfalls jemand, der mit Tauwerk und Tampen, mit Schnüren aller Art umzugehen versteht. Ein Laie kennt kaum einen Palsteg."

„Sehr interessant, Doktor."

„Mehr als das. Das sind Perspektiven. Suchen Sie einen solchen Mann. Dass der Mörder von großer Gestalt sein und kräftige Hände haben muss, habe ich Ihnen wohl schon gesagt. Sie sollten das notieren", sagte dozierend der Polizeiarzt.

Olsen trank seinen Schnaps aus, drehte das Glas in der Hand und kniff die Augen zu. An Frank Krüger zu denken, der früher ein passionierter Segler gewesen, schien ihm ein wenig zu weit hergeholt. Der Kommissar zwirbelte sein Ohrläppchen. Zum Erstaunen Dr. Manteuffels machte er sich tatsächlich eine Notiz. Dann nahm er den Beutel mit der Schlinge Dr. Manteuffel sanft aus der Hand und steckte ihn wortlos ein.

In Gedanken hörte er Frau Anneliese Krügers geschraubte Stimme: Robby hieß der eine, Herr Kommissar. Mir war gleich seine ungewöhnlich braune Gesichtsfarbe aufgefallen. Diese schöne, gesunde braune Gesichtsfarbe, wie sie Leute haben, die jede freie Stunde am oder auf dem Wasser zubringen.

Er kann auch Schiffer oder Lotse sein...

Alles naheliegend und auch weit hergeholt, sagte sich der Hauptkommissar. Und zu allem Überfluss: in der Gegend wimmelte es von Fischern und Schiffern, von Leuten, die eine solche Schlinge zu knüpfen verstanden.

*

Der andere Morgen hatte leichten Frost gebracht, die letzten Regenpfützen erstarren lassen. Es war ein zu kühler Märztag. Aber über der Stadt stand seit längerer Zeit endlich wieder ein blauer Himmel.

Olsen, tief in der Nacht nach Hause gekommen, hatte sich den Wecker auf neun Uhr gestellt. Mit dem ersten Klingelton war er auf den Beinen und brauchte für Bad und Frühstück nicht länger als dreißig Minuten. Er stieg in seinen Wagen und fuhr auf dem kürzesten Weg zum Uferweg 12.

Das Haus zeigte nun bei Tageslicht, noch dazu auf der Sonnenseite gelegen, in ganzer Schärfe seine verwitterte, hässliche, alte graue Fassade.

Langsam stieg der Hauptkommissar die sieben Stufen zum Hochparterre hinauf.

Diesmal betrachtete er länger, als es gestern erforderlich gewesen, das alte ovale Porzellanschild. Dann läutete er. Als Luise Schulz öffnete, gerieten von oben her am Türrahmen einige kleine Gongstäbe in Bewegung. Der Hauptkommissar wurde mit einem zartklingenden Akkord empfangen, der dünn und zitternd über ihm verhallte. Das hätte auch gut zu Kerstin Berthold gepasst, dachte er.

„Womit kann ich Ihnen dienen?", kam aus dem Halbdunkel hinter der Tür eine dünne Frauenstimme.

Olsen stand einer kleinen, schmächtigen Frau von etwa achtzig Jahren gegenüber, deren Kopf mit dem gescheitelten grauen Haaren zwischen hochgezogenen Schultern saß. Aus einem blassen Gesicht schauten zwei auffallend weit auseinander stehende Augen zu ihm auf.

„Frau Schulz?"

„Fräulein", widersprach sie schnell. Sie hatte eine eigenartige, kehlige, brüchige Stimme.

Der Hauptkommissar verbeugte sich kurz und nannte seinen Namen und den Zweck seines Besuches.

„Treten Sie näher, Herr Hauptkommissar."

Luise Schulz ging mit langsamen, unsicher wirkenden Schritten vor ihm her.

Ihr Wohnzimmer war überheizt und schlecht gelüftet. Es roch dumpf wie in einem Trödelladen nach alten Möbeln und getragener Garderobe, die zusammen einen leicht säuerlichen Geruch verströmten.

Über der abgewetzten, dunklen Couch hing eine in Öl gemalte Waldlandschaft mit einem Hirsch darin, der seine Brunft mit einer mächtigen Atemwolke hinausschrie. Und weiter erfasste Olsens Blick einen alten Regulator, dessen Perpendikel unendlich langsam hin- und herschwang und dessen lautes Ticken die Zeit gleichsam fühlbar machte. Aus gleicher Vergangenheit schien eine Nähmaschine zu stammen, die in der Nähe des Fensters stand.

Olsen fühlte ihre Augen auf sich gerichtet, obwohl er Luise Schulz nicht ansah.

Er hörte nur ihren Atem, der, wie bei Asthmatikern üblich, kurz und knarrig ging.

„Nun, Herr Hauptkommissar, was möchten Sie von mir wissen", unterbrach die alte Frau endlich das andauernde Schweigen. Als Olsen sich zu ihr drehte, strich sie sich nervös mit der Hand über das altmodisch gescheitelte Haar.

„Man hat mir gesagt", begann Olsen vorsichtig, „Sie würden mir etwas über Kerstin Berthold erzählen können."

Luise Schulz deutete erst jetzt auf einen Stuhl. Sie selbst setzte sich auf einen hochbeinigen Holzschemel, der am Fenster stand. Durch ein Kissenpolster war ihr Sitz so erhöht, dass ihre Beine wie bei einem Kind herabbaumelten. Sie wandte ihr Gesicht dem Fenster zu. Ihre Hände, gezeichnet von hervorstehenden Adern, lagen gefaltet im Schoß.

„Man kann niemanden daran hindern, alles Mögliche und Unmögliche zu sagen. Gutes und Schlechtes. Dazwischen gibt es wohl nichts. Damit will ich keinem im Hause eine schlechte Absicht unterstellen. Jeder hier ist soweit nett und zuvorkommend." Sie senkte dabei den Blick. „Ich bin in diesem Hause geboren und habe so manchen Mieter ein- und ausziehen sehen." Wie entschuldigend klang plötzlich ihre Stimme. „Mein Platz ist nun einmal das Fenster. Ich mag das Tageslicht und den Blick nach draußen. Sonst fühle ich mich wie eingesperrt. Deshalb ist auch immer die Gardine zurückgezogen. Manche Leute halten es für Neugier. Ich weiß es", seufzte sie.

Olsen sah, wie sich an ihren Mundwinkeln Falten kräuselten. Es konnte Unmut, wenn nicht gar Verachtung bedeuten.

„Ich wäre auf jeden Fall zu Ihnen gekommen. Ihre Angewohnheit, wenn ich es so nennen darf, am Fenster zu sitzen, lässt die Überlegung zu, dass Sie hier etwas mehr als jeder andere im Hause zu sehen bekommen. Vielleicht sogar zu hören, falls zufällig ein Fenster offen stehen sollte und darunter ein Gespräch stattfindet. Wer das Haus betritt, muss, jedenfalls von einer Seite her, an Ihrem Fenster vorbei, meine ich. Ich könnte mir auch denken, dass man Sie mehr als einmal herausgeklingelt hat, um zu fragen, wo dieser oder jener Mieter wohnt."

„Nach Fräulein Berthold hat jedenfalls niemand bei mir gefragt. Das meinen Sie doch, Herr Kommissar?"

„Auch anfänglich nicht, nachdem sie hier einzog? Zum Beispiel der Briefträger? Hat sie Post bekommen?"

Luise Schulz schüttelte den Kopf.

„Nicht dass ich wüsste."

„Wissen Sie denn nichts Näheres über sie? Haben Sie jemals mit ihr gesprochen?"

„Nein, nie! Bald nachdem sie hier eingezogen war, habe ich gespürt, zu welcher Sorte von Menschen sie gehört. Sie war verschlossen, sie sprach mit niemandem hier im Hause, soviel ich weiß.

Wenn ich morgens bei schönem Wetter am offenen Fenster saß und sie aus dem Haus kam und mich sah, dann sagte sie nur flüchtig guten Morgen. Dabei schaute sie kaum richtig zu mir herauf. Ich habe sie oftmals morgens pünktlich gehen und abends kommen sehen. In dieser Hinsicht schien sie mir diszipliniert zu sein."

„In anderer Hinsicht nicht? Männergeschichten?", fragte Olsen vorsichtig weiter. „Haben Sie etwas beobachtet, was für mich vielleicht interessant sein könnte? Kam sie immer allein nach Hause, nahm sie jemanden mit in ihre Wohnung?"

„Männergeschichten!"

Luise Schulz verzog ihren schmallippigen Mund mit den vielen Fältchen. Sie vermied es, den Hauptkommissar anzublicken.

„Männergeschichten", wiederholte sie, „die wird sie wohl gehabt haben. Hübsch genug war sie ja." Sie bewegte ihre Hände schnell hin und her, als gelte es etwas abzuwehren. „Nein, ich weiß nichts Genaues darüber."

„Auch Ungenaues könnte sich eventuell als nützlicher Hinweis für meine Arbeit herausstellen", ermunterte sie der Hauptkommissar.

„Also gut, Herr Hauptkommissar, wenn Sie meinen, Sie könnten damit etwas anfangen, dann hören Sie zu. Es war im vergangenen September, eines Abends am Strandpark. Bei schönem Wetter gehe ich dann und wann dorthin. Aber immer nur, solange es noch hell ist. Dort habe ich Fräulein

Berthold drei oder auch viermal gesehen. So gegen achtzehn oder neunzehn Uhr."

Luise Schulz machte eine Pause. Sie hatte etwas zu schnell und aufgeregt gesprochen. Sie atmete tief durch.

„Was machte Kerstin Berthold dort?"

„Nichts."

Der Hauptkommissar sah erstaunt von seinen Notizen auf. „Wartete sie auf jemanden?"

„Ich weiß es nicht. Sie saß wie ich auf einer der Bänke. Ein wenig abseits von mir. Sie sah mich nicht. Oder falls doch, dann ignorierte sie mich jedenfalls. Sie saß da und sah sich die Männer an, die vorbeikamen."

„Ich verstehe nicht ganz", sagte Olsen zögernd.

„Da gibt es nicht viel zu verstehen", antwortete Luise Schulz geringschätzig. „Was das bedeutet, wenn ein junges hübsches Ding die Männer mustert. Also, da denkt man sich doch seinen Teil." Sie sah verlegen an Olsen vorbei. „Wohlgemerkt, gewisse Männer, wie es mir schien. Sie war wohl verrückt nach großgewachsenen Männern. Besonders diesen sah sie lange nach."

„In der Tat, interessant. Und genau betrachtet auch merkwürdig, weil Kerstin Berthold, wie mir Frau Krüger berichtet hat, verlobt gewesen sein soll", sagte der Hauptkommissar. Merkwürdig schien auch, dass die Figuren der Männer, wie sie Luise Schulz soeben beschrieben hatte, überhaupt nicht mit der bezeichneten Gestalt des angeblichen Verlobten übereinstimmten.

„Große Männer! Wie groß?"

„Irgendwie sehr groß", erwiderte sie unbestimmt.

„Waren es junge Männer?"

„Nein. Auch das fiel mir auf. Wenn junge Leute vorbeikamen, hob sie kaum den Kopf. Anders bei Männern im gesetzten Alter. So zwischen vierzig und fünfzig. Nach denen reckte sie den Hals. Aber das hört man ja heutzutage häufig, dass sich die jungen Dinger in ältere Männer verlieben. Wir leben in einer verrückten Welt. Das Ungenierte ist modern.Wenn ich da an früher zurückdenke."

Olsen unterbrach sie. „Ich kann mir von dieser Verhaltensweise der Frau Berthold kein rechtes Bild machen", sagte er halblaut. „Kommen wir zu dem Verlobten. Frau Krüger hatte diesen Verlobten als eine mittelgroße Person beschrieben. Er soll ein Mann von etwa dreißig Jahren sein, dunkelhaarig, blasses Gesicht. Ist das richtig?"

Sie nickte mit geschlossenen Augen. Luise Schulz schien der Fragerei überdrüssig zu sein. Sie atmete schwer.

Hauptkommissar Olsen legte eine kleine Fragepause ein. Nach einer Weile öffnete die alte Dame die Augen und hauchte: „Danke, es geht schon wieder. Es ist nur der Gedanke an das furchtbare Verbrechen. Hier direkt in meiner Nähe."

„Mit diesem Mann ist dann Fräulein Berthold öfter nach Hause gekommen", nahm der Hauptkommissar den Faden wieder auf.

„Nicht oft", erwiderte sie langsam. „Meistens kam er allein, wenn sie schon zu Hause war. Aber immer erst ziemlich spät. Vielleicht hat er lange Arbeitszeiten.

Aber verlobt? Auch mir hatte es Frau Krüger einmal erzählt. Wer weiß, was daran wahr ist. Ich habe an Fräulein Bertholds Finger keinen dementsprechenden Ring entdecken können."

„Ein Ring ist ja auch nicht unbedingt erforderlich. Es könnte ja auch eine Geldfrage sein", meinte Olsen.

„Es kann doch nicht alles am Geld liegen", stieß Luise Schulz beinahe erbittert hervor. „Bei einem solchen Schritt im Leben einer Frau sollte das wohl nebensächlich sein. Sich verloben ist doch ein großes Ereignis für eine Frau."

Olsen bemerkte ihr Leid. Sie trauerte um ihre Jugend und um die verpassten Gelegenheiten im Leben.

„Heutzutage verloben sich die jungen Leute schon beim ersten Tanzschritt, am ersten Tag des Kennenlernens, auf Probe, wie man hört. So ähnlich wird es vielleicht auch hier bei diesen beiden gewesen sein. Du lieber Himmel! Die große Liebe!", stieß sie verächtlich hervor.

Olsen sah, wie sie sich mühte, nicht gehässig zu werden.

„Aber ich habe es kommen sehen, dass es eines Tages zwischen den beiden aus sein würde. Sie hatte von ihm genug. Ich glaube, die Probezeit war abgelaufen. Sie hatte mit seiner Liebe gespielt. Das wird es gewesen sein. Von da ab bis zum grausigen Ende."

Waren das Spekulationen ihrer einsamen und verarmten Seele?, fragte sich der Hauptkommissar. Wie viel davon mochte wahr sein? Was hatte hier womöglich Neid und Missgunst erdichtet? Wusste Luise Schulz wirklich Näheres vom Verhältnis der beiden?

„Wie können Sie das wissen? Woraus schließen Sie das?"

Luise Schulz wischte sich mit dem Handrücken den Mund. „Die beiden hatten sich heftig gestritten", antwortete sie impulsiv schnell. „Ich hörte, wie er Drohungen gegen sie ausstieß."

Diese Aussage überraschte den Hauptkommissar. Bisher hatte er sich noch für keine Täterversion entschieden. Die Indizien erschienen ihm noch nicht schlüssig. Aber nun, nachdem die Nachbarin, Frau Krüger, und Dr. Manteuffel ebenfalls gleiche Verdachtsmomente geäußert hatten, war dieser Verlobte zu einer Zentralfigur geworden.

„Wann war das? Bei welcher Gelegenheit wollen Sie Drohungen gehört haben?"

„Vorgestern, oder nein, es war am Montag, um die späte Nachmittagsstunde. Ich blickte gelangweilt durchs Fenster. Es fing sachte zu regnen an. So langsam mit Pausen, dass ich die Tropfen auf der Fensterscheibe zählen konnte. Ich habe sie anfangs sogar gezählt. Plötzlich hörte es auf zu regnen, ich öffnete wieder das Fenster, zog die Gardine vor und ging dann in die Küche."

Sie beschrieb die Küche, die auf der Hofseite lag. Der Hauptkommissar hörte geduldig zu.

„Dann, inzwischen war es Abend und dunkel geworden, ging ich wieder in das Wohnzimmer, um das Fenster zu schließen. Ich machte kein Licht, weil es von der Straßenlaterne her hell genug war. Als ich die Gardine ein wenig beiseite schob, um die Fensterflügel einzuklinken, hörte ich vom Toreingang her eine gedämpfte Frauenstimme und etwas lauter die Stimme eines Mannes. Ich trat zwischen Gardine und offenes Fenster und beugte mich etwas vor. Gott ja, ich war neugierig", sagte Luise Schulz und senkte wie verlegen den Kopf. Dann sah sie wieder entschlossen den Hauptkommissar an.

„Es waren die beiden. Sie sahen mich nicht, und ihr Streit schien auf dem Höhepunkt angelangt zu sein, wie sich gleich herausstellen sollte."

Die alte Frau hatte wieder so schnell gesprochen, dass sie eine Pause einlegen musste. Die gespreizten Finger ihrer Hände hatte sie fest gegen ihre Brust gedrückt, so als wollte sie dem rasselnden Atem Einhalt gebieten.

„Überlegen Sie in aller Ruhe", sagte Olsen sanft.

„Ist schon in Ordnung", antwortete sie matt lächelnd. „Ich hörte Fräulein Berthold entrüstet sagen: „Ingo, wie kannst du so was denken?" Und der Verlobte, schon halb abgewandt von ihr, antwortete ziemlich wütend: „Mir reicht es jetzt. Das lasse ich mir nicht mehr länger bieten. Ich warne dich! Sehe ich dich noch einmal mit dem anderen, dann mache ich Schluss." Das waren seine Worte. Gleich darauf fiel die Haustür ins Schloss, und er, der Verlobte, lief schnell, wohl immer noch wütend, die Straße hinunter."

„Dann mache ich Schluss", wiederholte Olsen nachdenklich. „Das muss doch nicht heißen, dass er sie umbringen wollte. Sah er denn so gewalttätig aus?"

„Ich habe sein Gesicht nicht gesehen".

„Ich meine überhaupt. Nicht nur am Montagabend. Seine Bemerkung: Sehe ich dich noch einmal mit dem anderen... gefällt mir irgendwie besser."

Luise Schulz sah den Hauptkommissar erstaunt oder vielmehr verblüfft an. Eigensinnig, abweisend erwiderte sie: „Ich weiß nicht, wie Sie das meinen, Herr Hauptkommissar. Ich bin weit davon entfernt, für einen der beiden Partei zu ergreifen. Aber ich könnte ihm das zutrauen."

„Wie schnell lassen sich Menschen, die in einer engen Beziehung zueinander stehen, wenn sie in Eifersucht geraten, zu einer Bemerkung hinreißen, die ihnen, kaum ausgesprochen, schon im nächsten Augenblick leid tut, Fräulein Schulz."

Der Hauptkommissar hatte zum ersten Mal das Wort Fräulein gebraucht und das auch nur widerwillig, wie er selber an sich bemerkte.

Luise Schulz antwortete nicht, sondern nickte nur schwach. Ihre Hände, die sie beim Reden stets verkrampft mitbewegt hatte, lagen nun wieder gefaltet in ihrem Schoß.

Olsen klappte sein Notizbuch zu und stand langsam auf. „Sie haben mir wirklich wertvolle Hinweise gegeben. Ich danke Ihnen."

Die alte Frau blieb auf ihrem Hocker sitzen, während der Hauptkommissar betont gemächlich zur Tür ging. Auf der Schwelle blieb er stehen. Abrupt drehte er sich um.

„Eine allerletzte Frage: Haben Sie nach dem Streit der beiden diesen Herrn Ingo noch einmal gesehen?"

„Nein", erwiderte sie mit ihrer kehlig brüchigen Stimme. Es klang, als belle sie ihn unwillig an.

Als hinter dem Hauptkommissar die Tür zuging, ertönten wieder die kleinen Gongstäbe. Diesmal, jedenfalls schien es ihm so, als Akkord in umgekehrter Reihenfolge. Olsen nahm es als Aufforderung, ebenfalls abwärts zu steigen.

\*

Jeden Tag um zehn war Rapport beim Polizeirat. Und obwohl es die Dienstregelung vorschrieb, dass hierzu die Leiter der einzelnen Dezernate pünktlich zu erscheinen hatten, ließ Polizeirat Mertens sie trotzdem jedes Mal durch sein Sekretariat telefonisch einladen. In Sonderfällen jedoch, die öffentliches Interesse erregten, hatten diese unaufgefordert, sogleich nach Dienstbeginn, Bericht zu erstatten. Mordfälle standen hier an erster Stelle.

Olsen hatte, bevor er sich von zu Hause aus auf dem Weg machte, Kriminalobermeister Schulzendorfer angerufen und ihm gesagt, dass er für ihn zur üblichen Dienstbesprechung gehen solle.

„Sag ihm, was du weißt. Natürlich weißt du nichts", hatte Olsen diese naheliegende Frage seinem Mitarbeiter gleich vorweg aus dem Mund genommen. „Sag ihm meinetwegen, dass wir eine winzige Spur verfolgen."

„Und wo bist du zu erreichen?", hatte Schulzendorfer gefragt.

„Überhaupt nicht. Ich bin im Uferweg zwölf. Aber das weißt nur du alleine, verstanden. Ich möchte auch keine Reporter sehen, wenn ich zurückkomme. Erzähle ihnen irgendwas."

Ein Blick auf die Uhr verriet Olsen, dass inzwischen der Rapport im Amt vorüber sein müsste. Er freute sich wie ein Schuljunge, der die Schule geschwänzt hatte. Im nächsten Augenblick jedoch schlich sich schlechtes Gewissen ein. Im Büro warteten die Mitarbeiter auf ihn, auf die Arbeitseinteilung.

Alles, was er soeben von der Hausbewohnerin Luise Schulz erfahren hatte, ohne dabei gewisse Andeutungen allzu ernst zu nehmen, wies fraglos auf diesen Ingo hin. Es wurde höchste Zeit, diesen Verlobten aufzuspüren. Vielleicht meldete er sich im Laufe des Tages von selbst. Grund genug hat er, mehr als genug, sagte sich Olsen und eilte nun auf dem kürzesten Weg ins Kriminalamt.

Hier wurde er bereits erwartungsvoll begrüßt. Der Hauptkommissar rieb sich die Hände. „Fangen wir an."

„Moment, das muss warten", wurde er von Kriminalobermeister Schulzendorfer unterbrochen.

„Der Alte hat schon ein paarmal angerufen und gefragt, wo du bleibst. Du sollst dich umgehend bei ihm melden."

„Schon gut", winkte Olsen ab. „Ich bin gleich wieder da." Wollte der Kriminalrat ihm etwa Vorhaltungen machen, weil er nicht zum Rapport erschienen war?

Kriminalrat Mertens sah seinen Hauptkommissar nicht gerade freundlich an. Aber Freundlichkeit war auch nicht Mertens hervorstechende Eigenschaft. Er warf einen ungeduldigen Blick auf seine Armbanduhr, sagte aber kein Wort wegen der bereits vorgerückten Stunde, fragte auch nicht, wo Olsen den Vormittag verbracht hatte. Die Mordsache Berthold schien ihn auch nicht sonderlich zu interessieren. Jedenfalls nicht in diesem Augenblick, wie Olsen gleich hören sollte. Denn nach Meinung des Kriminalrats war es vordringlich, den Fall Koschinski zum Abschluss zu bringen. Er ließ deutlich werden, dass das nicht etwa nur als Meinung aufgefasst werden solle, sondern eine unmissverständliche Aufforderung sei.

„Hören Sie, Olsen, der Mann sitzt doch nun schon fast den zweiten Tag bei uns ein. Sein Vorgesetzter im Einbruchsdezernat hat schon mehrmals nachgefragt, wann und ob überhaupt Koschinski wieder seinen Dienst antreten kann."

Der Hauptkommissar sah stirnrunzelnd seinen Vorgesetzten an, der sich jäh abwandte und an das Fenster trat.

„Im Einbruchsdezernat ist man konsterniert. Man traut dem Koschinski eine derartige Entgleisung nicht zu. Und wir haben, darauf möchte ich besonders hinweisen, die Vorführungsfrist für den Untersuchungsrichter bereits überzogen." Wieder blickte der Kriminalrat demonstrativ auf seine Uhr, drehte sich um und sagte in herablassendem Ton: „Sehen Sie zu, Olsen, dass wir den Mann hier loswerden."

Die abwehrende, schon mehr abweisende Geste des Hauptkommissars war nicht zu übersehen.

„Ich dachte, der Fall Koschinski sei inzwischen fest von Oberkommissar Möllers Leuten übernommen worden. Rauschgift gehört nun mal nicht in mein Ressort. Sie wissen, Herr Polizeirat, ich bin im Moment sehr mit der neuen Mordsache beschäftigt", sagte Olsen missmutig.

Polizeirat Mertens rieb sich ungeduldig sein Kinn. „Ja, ja, ich weiß das alles. Und Sie wissen sicherlich auch, dass Möller noch nicht dienstfähig ist. Das Beste ist, Sie, Olsen, überprüfen noch einmal gründlich an Ort und Stelle in dieser, wie hieß sie gleich… ja richtig, Kakadu-Bar, wie dort alles zugegangen ist. Sie wissen doch, wie schnell manche Festnahmen erfolgen. Es kann etwas Wichtiges übersehen worden sein."

Olsen schüttelte ungehalten den Kopf. Was ging ihn diese Sache überhaupt an? Seine Gedanken waren im Uferweg 12. Er fand Polizeirat Mertens Engagement in der Angelegenheit Koschinski übertrieben.

„Wir haben doch Aussagen, so gut wie Geständnisse der beiden Festgenommenen. Wie ich es sehe, sind sowohl Koschinski als auch dieser Matrose reif für den Staatsanwalt."

Das war, wie Olsen umgehend erkennen sollte, eine Nuance zu schnell und wohl auch zu ungehalten dahingesagt.

Polizeirat Mertens trommelte sichtlich verärgert mit den Fingern auf der Schreibtischplatte. „Bitte keinen voreiligen Schlussbericht, Olsen. Koschinski bestreitet. Das sollten wir bedenken. Es gibt doch gewisse Zweifel. So gesehen kommen wir nicht umhin, daran zu denken, was das Gesetz vorschreibt: in dubio pro reo… Ich meine, wir wollen, wir sollten am besten noch heute, aber sagen wir spätestens morgen, die Sache Koschinski hinter uns haben."

„Hinter uns...", Olsen verschluckte das Weitere, was er dachte. Hinter uns haben, ist etwas ganz anderes als erledigt haben.

„Also spätestens morgen", wiederholte der Polizeirat. „In dieser Hinsicht habe ich gegenüber dem Büro des Polizeipräsidenten eine Zusage gemacht." Polizeirat Mertens hob beschwichtigend die Hände. „Selbstverständlich nach Möglichkeit."

„Gut, wie Sie wollen, wie Sie es wünschen. Es wird erledigt", hatte Olsen abschließend nicht begeistert zum Polizeirat gesagt und anschließend seinem Mitarbeiter Kriminalobermeister Schulzendorfer von dieser Unterredung berichtet.

„Also wenn du mich fragst, kein vielversprechender Auftrag", meinte Schulzendorfer.

„Ich frag dich nicht", brummte der Hauptkommissar.

Schulzendorfer erhob sich von seinem Platz. „Könnte ich das nicht erledigen?"

Olsen drückte ihn auf den Stuhl nieder.

„Unsere Mordsache ist wichtiger. Es wird höchste Zeit, dass wir den Personenkreis einengen. Soweit uns überhaupt schon alle bekannt sind."

Schulzendorfer nickte. „Wir haben doch schon jemanden, auf den wir uns konzentrieren sollten. Meine Verdacht, liegt, nach wie vor, auf dem Verlobten."

Nachdenklich musterte der Hauptkommissar seinen Mitarbeiter. „Sieht ganz so aus. Aber obwohl dieser Ingo durch die Hinweise zu einer zentralen Figur geworden ist, stimme ich dem nur widerstrebend zu. Die Hinweise sind auch nur Vermutungen, nichts Genaues. Kümmere dich, wie bereits abgesprochen, um die Familiengeschichte Berthold und versuche dabei, diesen Ingo aufzuspüren."

Der Hauptkommissar griff sich seinen Mantel und ging zur Tür. „Mich zieht es noch einmal zum Uferweg. Anschließend werde ich auf höheren Befehl hin in die Kakadu-Bar gehen."

„Und dir einen genehmigen", fügte Schulzendorfer schmunzelnd hinzu.

\*

Beinahe wie ein Dieb hatte sich Olsen in das Haus am Uferweg geschlichen. Bedächtig und leise, er wollte möglichst keinem der Hausbewohner begegnen, stieg er die Stufen hinauf. Auf dem Zwischenpodest zur ersten Etage, an dem kleinen Seitenfenster mit der Aussicht zum Quergebäude hin, blieb er stehen.

Er riegelte das Seitenfenster auf, sah hinaus und erblickte in diesem Augenblick die Hauswartsfrau. Sie kam aus dem Quergebäude und trug Besen, Eimer und weitere Utensilien ihres Berufs.

Sie kann kaum etwas gesehen haben, was wichtig wäre, dachte Olsen. Seine Gedanken sprangen zum Hochparterre, zu der alten Frau Schulz. Selbst ein Platz am Fenster zur Straße hinaus ist auch nur so lange gut, wie man dort sitzt. Nein, Luise Schulz kann also nicht gesehen haben, ob Kerstin Berthold am Dienstag nach siebzehn Uhr noch einmal das Haus verlassen hatte. Aber sie muss es verlassen haben, sinnierte der Hauptkommissar weiter. Denn wenn sie jemanden, diesen Unbekannten, in der Wohnung erwartet hätte, dann wäre sie Gefahr gelaufen, womöglich vom Verlobten überrascht zu werden. Es sei denn, es machte ihr nichts mehr aus, weil es doch, wie Luise Schulz angedeutet hatte, zur Trennung der Verlobten gekommen sei. Und wenn es überhaupt einen Unbekannten gab.

Er schloss das kleine Seitenfenster, dass es klirrte.

„Was soll denn das? Wer sind Sie?", klang eine harsche Stimme an sein Ohr.

Überrascht wandte sich der Hauptkommissar um. Auf halber Treppenhöhe, hinter ihm, stand die Hauswartsfrau, die unbemerkt heraufgekommen war.

Dort verharrte sie, die Hände in die Hüften gestemmt. Olsens Blick fiel auf ihre Schuhe. Es waren Hausschuhe mit dicken Filzsohlen. Als er immer noch nicht antwortete, fragte die Hauswartsfrau, sich neugierig vorbeugend: „Oder sind Sie vielleicht von der Polizei?"

„Hauptkommissar Olsen", stellte er sich in vertraulichem Ton vor. Es klang geheimnisvoll und verfehlte seine Wirkung auf die Frau nicht.

Sie verbeugte sich leicht und strich die Hände an der Schürze ab, als erwarte sie, dass der Hauptkommissar ihr die Hand schütteln werde.

„Kriminalkommissar... so was habe ich mir gleich gedacht."

Sie nahm erleichtert die letzten Stufen zum Treppenpodest hinauf. Klirrend setzte sie den Eimer ab. Jeder im Hause sollte es hören, oder besser noch, aus der Wohnung kommen und sehen, dass der Kommissar sich mit ihr unterhielt. Sie umklammerte den Besenstiel und stützte sich darauf ab.

Olsen machte eine ungeduldige Bewegung, einen kurzen Schritt an dem Eimer vorbei, den sie genau vor ihm, ihm sozusagen den Weg abschneidend, hingestellt hatte.

„Entschuldigen Sie, ich habe oben zu tun."

„Ja doch. Warten Sie einen Moment, Herr Hauptkommissar. Da ist noch eine Sache, die mir gestern Abend einfiel, nachdem ihr Kollege bei uns in der Wohnung war und Fragen gestellt hatte. Das muss ich Ihnen unbedingt erzählen. Ich hatte es gestern Abend schon tun wollen, aber ich kam ja kaum zu Wort. Alles, was Ihr Kollege fragte, beantwortete mein Mann." Sie verdrehte die Augen.

Ob sie ahnte, warum der Hauptkommissar lächelte? Anscheinend nicht, denn sie starrte ihn weiterhin unentwegt an. Als er endlich fragte, was sie so Wichtiges zu sagen wünschte, zeigte sie ein verlegenes Gesicht.

Der Kommissar stieß seinen Atem hörbar, beinahe zischend, durch die Nase. Er kannte das zur Genüge. Sicher kamen jetzt wieder Gerüchte aus zweiter Hand. Unbewiesenes, das sich kaum nachvollziehen ließ.

„Herr Hauptkommissar! Da sind noch sechs Euro von ihr, von der Berthold meine ich. Ich bringe ihr doch immer Brot und Brötchen vom Bäcker mit. Übrigens mache ich das auch noch für einige andere Mieter. Ein kleines Trinkgeld fällt dabei immer ab." Sie schwieg wieder verlegen und fuhr dann fort: „Am Dienstag früh, also vorgestern, bevor sie zur Arbeit ging, kam sie zu mir und gab mir einen Zehneuroschein für die letzte Bestellung vom Wochenende. Ich konnte nicht gleich wechseln und sie hatte es eilig. Was soll jetzt mit dem restlichen Geld geschehen?"

Olsen rückte ungeduldig an seinen Mantelmanschetten. „Behalten Sie das Geld vorläufig. Es wird sich Weiteres ergeben. Nun muss ich aber wirklich an meine Arbeit."

„Noch einen Augenblick, Herr Hauptkommissar", sagte sie hastig. „Dies war ja nur die eine Sache. Vielleicht nicht ganz so wichtig. Jedoch die andere", sie wiegte sehr ausdrucksvoll ihren Kopf, „nun ja, es kann Zufall sein. Sie wissen ja, wie der Zufall im Leben manchmal eine große Rolle spielt."

Olsen verzog schmerzlich den Mund.

„Ich glaube, ich habe den Mörder gesehen", fuhr sie fort. Sie stieß es hervor, als sei sie erschrocken über ihre eigene Vermutung.

„Das ist allerdings eine andere Sache", sagte der Hauptkommissar. „Und darauf sind Sie erst jetzt gekommen?"

„Gott, wie das so ist", sagte sie mit einem gewissen Triumph in der Stimme, als sie Olsens Aufhorchen spürte. „Hinterher weiß man immer mehr. Wenn ich jetzt nicht darauf gekommen wäre, hätte es Ihnen eventuell Frau Neupert erzählt. Vielleicht hat sie es bereits getan?"

„Ist das nicht die Mieterin im ersten Stock?"

Er erinnerte sich jenes flüchtigen, unscharfen Bildes gestern Abend im Vorbeigehen im Treppenaufgang. Das Gesicht einer vielleicht Fünfunddreißigjährigen mit einer Menge Lockenwickler im blondierten Haar.

Die Hauswartsfrau unterstrich seine Bemerkung mit rasch aufeinanderfolgendem Kopfnicken. „Stimmt! Aber Frau Neupert treffen Sie jetzt nicht an. In dieser Woche hat sie Vormittagsschicht. Sie ist Kassiererin im Supermarkt."

Olsens Interesse an der Bemerkung, sie habe den Mörder gesehen, begann zu schrumpfen.

„Gut und schön, aber was hat das alles mit dem Zufall zu tun und mit Frau Neupert? Nun erzählen Sie schon", drängte er sie.

Aufgefordert, weiter zu reden, beleckte sie sich die Lippen. „Hören Sie, Herr Hauptkommissar. Ich war zufällig am Dienstagabend bei Frau Neupert oben. Wir spielen ab und zu mal eine Partie Rommee. Seit Karin, ich meine Frau Neupert, geschieden ist, ist sie natürlich sehr einsam, müssen Sie wissen."

„Nun weiß ich es", murmelte Olsen.

„Ich gehe dann immer gegen zwanzig Uhr zu ihr hinauf, weil ich bei dieser Gelegenheit gleich die Haustür schließe."

Immerhin ein Fakt, sagte sich Olsen und hob die Augenbrauen. „Wann haben Sie den Mann gesehen, von dem Sie meinen, er könnte der Mörder sein? Und wo haben Sie ihn gesehen?", fragte er rasch.

Die Hauswartsfrau schien plötzlich an Würde gewonnen zu haben. Sie nahm eine Hand vom Besen und stemmte sie in die Hüfte. Wie eine Walküre, die Lanze bei Fuß, stand sie da.

„Langsam, langsam, Herr Hauptkommissar. So schnell ging das alles nicht. Erst musste ja auch der Zufall kommen. Und der kam, als ich schon eine Weile oben bei Frau Neupert am Tisch saß. Allein saß ich dort, denn Karin war in der Küche und kochte Kaffee. Ohne Kaffee und ein paar Kekse zum Knabbern fangen wir nie zu spielen an. Ich hatte mich dann ein wenig im Zimmer umgesehen, wie man das so macht, wenn es einem langweilig wird, und dabei entdeckte ich, dass mein Blumentopf fehlte, den ich ihr vor kurzem zum Geburtstag geschenkt hatte. Karin, rief ich in Richtung Küche, Karin, wo hast du denn mein Alpenveilchen hingestellt? Hinter der Gardine, auf dem Fensterbrett, steht es, rief sie zurück."

„Verstehe", sagte der langsam ungeduldig werdende Hauptkommissar, „Sie traten nun an das Fenster, und bei dieser Gelegenheit haben Sie…"

„I wo, nicht gleich", schnitt sie ihm das Wort ab. „Nicht gleich! Ich schaltete zuerst das Radio ein, suchte nach einem Sender mit Musik, bis ich die richtige fand. Dabei sah ich auch auf die Uhr, die auf dem Radio steht. Es war genau fünf Minuten nach zwanzig Uhr. Dann erst trat ich an die Gardine, an das Fenster."

Sie machte eine Pause, anscheinend um die Spannung zu erhöhen. Aber genau das Gegenteil trat ein. Ihr Blick wurde unsicher. Sie sah sich um, als stünde jemand hinter ihr, der ihr Mut zum Weiterreden machen würde.

„Wie gesagt, es kann glatter Zufall gewesen sein", fuhr sie halblaut fort. „Vielleicht hatte er sich gerade eine Zigarette angesteckt und blickte dabei ganz zufällig zu unserem Haus hinauf. Ich weiß nicht, wie ich es nennen soll, aber er blieb mir dort drüben, auf der anderen Straßenseite, einfach zu lange stehen."

„Nun mal hübsch langsam. Von wem ist überhaupt die Rede? Und wie lange blieb der Mann dort stehen? Wo genau?"

Die Hauswartsfrau umfasste den Besenstiel wieder mit beiden Händen. Olsens schnell vorgelegte Fragen hatten sie etwas verwirrt.

„Herrje, wie lange? Zu lange, um sich nur eine Zigarette anzustecken. Ich habe ihn mindestens zwei, drei Minuten lang beobachtet. Dann stand er da, die Hände in den Manteltaschen, die Zigarette hatte er im Mund, ich sah, wie sie ein paarmal aufglühte. Ich möchte sagen, er stand da, als wartete er darauf, dass jeden Moment irgendwo in der Hausfassade ein Fenster aufgemacht wird und von dorther ein Zeichen kommt."

Vielleicht trifft sie damit sogar den Nagel auf den Kopf, sagte sich der Hauptkommissar. Er nickte anerkennend.

Sie reagierte prompt und nahm es als Aufforderung weiterzusprechen.

„Ich ging in die Küche und berichtete Karin, was ich gesehen hatte. Mir war der Gedanke gekommen, dass es vielleicht ein Besucher für Karin, also Frau Neupert, gewesen sein konnte. Warum auch nicht. Karin ist mit ihren sechsunddreißig Jahren eine sehr attraktive Frau. Nach ihrer Scheidung hatte sie, wenn auch nur kurzzeitig, einen Freund, den Robby. Der war mindestens zehn Jahre jünger, aber sehr verliebt in sie. Jedenfalls am Anfang."

„Moment mal", hakte Olsen ein. „ Der Robby, der auch ein Freund von Kerstin Berthold gewesen ist? Ich habe so etwas gehört."

„Nicht das ich wüsste", antwortete die Hauswartsfrau mit einem Gesichtsausdruck, als sei ihr damit etwas Hochinteressantes entgangen.

„Wissen Sie zufällig, wo ich diesen Robby erreichen kann?", fragte Olsen mit einer gewissen Hoffnung im Hintergrund.

„Nein. Wenn jemand es weiß, dann vielleicht Karin Neupert."

„Gut. Erzählen Sie mir mehr von jenem Mann, den Sie vom Fenster her auf der Straße beobachteten."

„Sie glauben mir nicht, Herr Hauptkommissar?"

„Doch, warum nicht…"

„Kann das der Mörder gewesen sein?"

Eigentlich war damit nichts bewiesen, und doch meinte Olsen, die Worte abwägend: „Durchaus möglich. Können Sie mir den Mann näher beschreiben?"

„Wenn ich das könnte", bedauerte sie. „Das Haus gegenüber liegt genau zwischen den Straßenlaternen. Ich wünschte, ich könnte ihn beschreiben. Aber ich habe nur eine dunkle Gestalt gesehen."

„Nichts Auffälliges daran? Klein, mittelgroß, sehr groß vielleicht?"

„Ziemlich groß. Vielleicht ein wenig füllig", erwiderte sie vorsichtig. Sie bedeckte mit der Hand ihren Mund.

„Gut", sagte Olsen schnell. „Ich danke Ihnen, Frau... Wie war doch Ihr Name?"

„Rach... Rachow", stotterte sie plötzlich. Und wie befreit, als sie sein Lächeln sah: „Elli, ich meine Elisabeth Rachow, Herr Hauptkommissar."

Olsen hielt ihr die Hand hin, die sie nahm, nachdem sie ihre Hand hastig an der Kittelschürze abgewischt hatte. Die Hauswartsfrau sah ihn jetzt strahlend an, hob die Hand wie zum Gruß und winkte ihm dann beinahe zutraulich nach, als er die Stufen hinaufging.

*

Der Hauptkommissar hatte im Laufe seiner Dienst-
jahre etliche mehr oder weniger erfolgreiche Einbrecher gefasst, darunter welche, die es meisterhaft
verstanden, mit einfachen Mitteln auch komplizier-
te Türschlösser zu öffnen. Er hatte sich jene Kunst-
fertigkeit oftmals bei Tatortrekonstruktionen zeigen
lassen. Es war stets einfach gewesen und schnell
zugegangen. So schnell mitunter, dass er es kaum
begreifen konnte.

Er selbst stand aber nun, obwohl mit einem Pro-
fidietrichset ausgerüstet, um den ihn jeder Berufs-
einbrecher beneidet hätte, dem einfach nur einge-
schnappten Schloss an Kerstin Bertholds Wohnungstür unbeholfen gegenüber. Es war ihm keine
andere Wahl geblieben. Die zwei Paar Wohnungsschlüssel waren verschwunden, und Ersatz existier-
te nicht, wie der Hauswart gestern Kriminalobermeister Schulzendorfer erklärt hatte.

Der Hauptkommissar, bemüht gewesen, geräuschlos die Treppen hinaufzusteigen, probierte
auch möglichst geräuschlos die unterschiedlichen
Spezialdietriche aus. Erst beim sechsten Versuch
fasste die kleine Stahlzunge des Dietrichs die
Schlosshalterung.

Im letzten Moment, wie er sich aufatmend sagte,
denn ein flüchtiger Blick über die Schulter verriet
ihm Frau Krügers plötzliche neugierige Gegenwart.
Wie jemand, der sich irgendwie ertappt fühlt, zog

der Hauptkommissar den Hals ein, betrat schnell die Wohnung und zog rasch die Tür hinter sich zu.

Die Kühle des Zimmers kam ihm gelegen. Er zog den Mantel aus und legte ihn auf die Couch. Er hatte sich beim Hantieren am Türschloss warm geärgert. Als er die Fenstervorhänge zurückschob, flutete Sonnenlicht ins Zimmer. Dann setzte er sich in den Schaukelstuhl, als sei der ihm schon angestammt.

Der Hauptkommissar wippte hin und her. Unter ihm knarrten die Wiegehölzer. Die hereinflutende Sonne schien das Zimmer zu verwandeln. Alles erschien ihm neu, als wäre er noch nie hier gewesen, in diesem Mordzimmer.

Er schloss die Augen, versuchte sich vorzustellen, wie Kerstin Berthold an jenem Abend ihre Wohnung betrat. Anders als sonst. Ganz gegen ihre Gewohnheit. Weshalb nur?

Es musste hier etwas geben oder gegeben haben, weshalb man sie ermordet hatte. Dieser Gedanke ließ ihn nicht los. Ein Mord ohne Nutzen kann es nicht gewesen sein. Wir wissen, sagte er sich, dass Frau Berthold am Dienstag wie üblich gegen siebzehn Uhr nach Hause gekommen ist. Wissen wir das so genau?, schränkte er ein. Hat sie dann noch einmal das Haus verlassen? Niemand hat sie kommen und gehen sehen. Wir wissen, und das ist sicher, dass sie nach Dr. Manteuffels Rechnung etwa gegen einundzwanzig Uhr ermordet wurde. Folglich hätte sie also vier Stunden auf ihren Mörder gewartet haben müssen... „Kann ich mir nicht vorstellen", sagte Olsen halblaut vor sich hin, als säße er jemandem gegenüber, der ihm eine derartige Frage vorgelegt hätte.

Dieser Ingo besitzt einen Wohnungsschlüssel, das scheint ebenfalls so gut wie sicher. Weiß er von Kerstin Bertholds Schwangerschaft? Wollte er, dass das Kind nicht geboren werden sollte?

Der Hauptkommissar ging den Fall in Gedanken noch einmal - zum wievielten Male schon? - kritisch durch, betrachtete ihn von allen Seiten, beleuchtete jede darin bis jetzt vorkommende Person, soweit sie ihm erkennbar schien. Zugegeben, die Indizien sprachen gegen den Verlobten. Aber war das nicht zu einfach? Olsen rieb sich wie verlegen die Hände. Blieb eine andere Frage. Wer könnte noch Interesse an ihrem Tod haben? Etwa dieser Robby, jener sonnengebräunte, athletische junge Mann, der zu Kerstin Bertholds Freundeskreis zählen mochte, wie es die Nachbarin beschrieben hatte? Haben wir erst diesen Ingo, dann kommen wir auch zu Robby oder umgekehrt. Ist nicht auszuschließen, dass Eifersucht zur Feindschaft zweier Freunde führt und letztlich zum Tode einer zwischen diesen beiden Männern stehenden Frau.

„Es gibt nichts Greifbares, noch nicht", sagte der Hauptkommissar nun so laut vor sich hin, als wäre tatsächlich noch jemand mit ihm im Zimmer. Er trat ans Fenster, blickte zur Straße hinunter, suchte den imaginären Punkt, wo Dienstagabend ein Mann gestanden hatte und gesehen wurde, der unter Umständen Kerstin Bertholds Mörder gewesen sein könnte.

Vor dem Bücherbord betrachtete Olsen die Buchrücken, bog den Kopf mal nach rechts, mal nach links, las umständlich so die Buchtitel. Überwiegend Kinderbücher. Sie las offenbar gerne Märchen. Was fängt man damit an?, hörte Olsen in Gedanken Schulzendorfers Stimme. Der Hauptkommissar zog jetzt das Fotoalbum aus der Reihe, das er gestern Abend bereits flüchtig in die Hand genommen, dann aber, weil er abgelenkt worden war, wieder zurückgestellt hatte. Jetzt jedoch war Ruhe und Zeit genug, um konzentriert hineinzuschauen, Fotos zu betrachten, die für Kerstin Berthold sicher von Bedeutung gewesen waren. Fotos, wie sie in alle Familien-Fotoalben der Welt eingesteckt oder eingeklebt werden. Fotos von Familienangehörigen selbstverständlich an erster Stelle. Dann solche von Freunden, Momentaufnahmen von Festen oder Reisen. Unter jedes Foto hatte Kerstin Berthold mit zierlicher Schrift oftmals die Namen der Betreffenden, in jedem Fall aber ein Datum gesetzt.

Auf der ersten Seite, genau in der Mitte eingeklebt, ein Foto im Postkartenformat, umrahmt von einer selbstgemalten Girlande. Auf dem Foto waren ein junger Mann und eine junge Frau abgebildet, die sich verliebt in die Augen schauten. Die Braut in Weiß mit einem Strauß Rosen in der Hand, der Bräutigam im dunklen Anzug mit Fliege. Beide unverkennbar glücklich.

Darunter in ungelenker Druckschrift, sehr kindlich: Mama und Papa an ihrem Hochzeitstag 1979.

Danach folgten einige kleinere Abzüge. Offensichtlich von der Hochzeitsfeier und der Hochzeitsreise.

Doch dann ein Familienfoto aus dem Jahre 1992, wieder im Postkartenformat. Mama, Papa, mein Bruder Rolf und ich. Wieder in der gleichen zierlichen Schrift säuberlich unter dem Foto. Der Vater jetzt salopp in Hose und Hemd mit offenen Kragen, die Mutter neben ihm in einem Korbstuhl sitzend, ein Mädchen auf dem Schoß, unverkennbar Kerstin Berthold. Rechts davon stand ein Knabe.

Während der Mann und die Frau bemüht freundlich in das Objektiv der Kamera starrten, blickte Kerstin, deren Hand wiederum die Hand ihres Bruders hielt, lachend zu diesem hoch. Ein reizender Bursche, dachte Olsen. Er schätzte den Jungen auf etwa zwölf, dreizehn Jahre. 1992... Da war Kerstin Berthold drei Jahre alt gewesen.

Auf den folgenden Fotos kam Kerstins Vater nicht mehr vor. Olsen konnte nur raten, warum. Entweder hatten die Eltern sich getrennt, oder der Vater war verstorben. Gedankenverloren blätterte der Hauptkommissar die Seiten um. Es war nichts darunter, was ihn sonderlich interessierte oder gar aufmerken ließ. Doch dann stutzte er. In der Reihe der Fotos gab es eine Lücke. Dort hatte vordem, das war an den aufgeklebten Fotoecken zu erkennen, ein Bild im Format neun mal dreizehn seinen Platz gehabt.

Eine Lücke im Fotoalbum, ein fehlendes Bild. Das brauchte nicht unbedingt etwas Wichtiges zu bedeuten. Es gibt wohl kaum ein Fotoalbum ohne Lücken. Manche Fotos werden entfernt, weil man die Personen darauf nicht mehr zu sehen wünscht oder weil das Foto schmerzhafte Erinnerungen weckt. Merkwürdig allerdings, dass es hier unter dieser Lücke, wo das Foto gesteckt hatte, keinen Hinweis gab, keinen Namen, keine Jahreszahl. Der Reihenfolge nach, ausgehend von den anderen Fotos, hätte hier die Jahreszahl 1995 oder 1996 stehen müssen.

Ein paar Seiten danach stutzte der Hauptkommissar abermals. Er betrachtete nachdenklich das Porträt eines Mannes von schätzungsweise fünfzig und mehr Jahren. Unverkennbar das aufgedunsene Gesicht eines Trinkers, in dem zwei steile Nasenfalten standen. „Andreas Schröder – 2002" hatte Kerstin Berthold darunter geschrieben und dahinter drei dicke Ausrufungszeichen gesetzt. Wer war dieser Mann? Welche Rolle könnte er in ihrem Leben gespielt haben?

Das letzte Foto im Album, danach kamen nur noch leere Seiten, war ein Strandbild, ein Gruppenbild mit Kerstin Berthold. Sie war mit einem farbig gestreiften Badeanzug bekleidet. Rechts und links neben ihr standen zwei junge, athletisch gebaute kräftige junge Männer, die selbstbewusst und übermütig ins Objektiv lachten. Gemessen an diesen beiden Männern, Olsen schätzte den einen auf mindestens eins fünfundachtzig groß, wirkte Kerstin Bertholds kleine Figur noch graziler. Ihr schien es eher schwerzufallen, glücklich in die Kamera hineinzulachen. In ihren Mundwinkeln war nur ein schwaches, weit entferntes Lächeln angedeutet.

Unter dem Foto stand: Robby, ich und Ingo 2012 am Ostseestrand. Olsen nahm das Foto heraus und steckte es in seine Tasche. Sozusagen eine Spur im Sande, sagte er sich ironisch.

Dass es nicht mehr Fotos gab, verwunderte den Hauptkommissar nicht. Immerhin wurden heutzutage die Fotos digital auf anderen Medien gespeichert und nur noch selten ausgedruckt und in Alben geklebt. Allerding gab es in der Wohnung der Berthold keinen Computer.

Behutsam klappte er das Album zu. Sein Blick streifte dabei die kleine Uhr auf der Kommode, von der er wusste, dass sie eigentlich nicht ging. Ihre Zeiger standen immer noch auf neun Minuten nach Zwölf. Unwiderstehlich trotzdem sein Wunsch, auf die Armbanduhr zu sehen und die Zeit zu vergleichen. Es war Zeit, sich auf den Weg zur Kakadu-Bar zu machen. Und er wusste auch in diesem Augenblick, dass er unbedingt Kerstin Bertholds Mutter aufsuchen würde, ganz gleich, ob Kriminalobermeister Schulzendorfer dies bereits getan haben sollte.

*

Rechts und links der zweiflügeligen Tür zur Kakadu Bar hingen Schaukästen, die mit glänzendem schwarzem Stoff ausgeschlagen waren. Ein stilisierter Papagei schaute unbewegt auf die im Halbkreis dekorierten Fotos sehr wenig bekleideter Damen, der Akteurinnen des Nachtprogramms der Bar. Ein ebensolcher bunter Papagei lockte über der Tür, als Leuchtreklame, die Besucher an.

Die Glastüren waren verschlossen. Der Hauptkommissar rüttelte am Türgriff und presste dann sein Gesicht an das Glas. Als niemand darauf reagierte, obwohl deutlich zu erkennen war, dass drinnen Personal hin und her ging, Tische und Stühle zurecht rückte, klopfte er energisch gegen die Türverglasung. Daraufhin kam jemand sehr langsam herbei, drehte mit mürrischem Gesicht einen Schlüssel herum und öffnete zentimeterweit die Tür.

„Was ist los? Können Sie nicht lesen? Einlass erst ab neunzehn Uhr", sagte eine barsche Stimme.

Olsen schob schnell seinen Fuß in den Türspalt. Gleichzeitig hielt er dem jungen Mann seinen Dienstausweis vor die Nase. „Kannst du lesen, mein Freund?"

Bereitwillig, aber keineswegs zuvorkommend, wurde nun der Türspalt erweitert, so dass der Hauptkommissar ungehindert eintreten konnte.

Es roch wie in allen derartigen Etablissements außerhalb der Öffnungszeiten. Muffig, nach abgestandenem Schnaps und Bier, nach Parfüm und auch nach Staub und Reinigungsmitteln.

„Sie sind Kellner hier?"

„Erraten! Womit kann ich dienen?" Der junge Kellner lächelte breit und eine Spur zu dreist, wohl weil er glaubte, einen Witz gemacht zu haben.

„Ein paar Auskünfte, mein Sohn", erwiderte der Hauptkommissar gelassen. Sein Ton war jovial, fast vertraulich, wie Olsen ihn immer anwendete, wenn es zum Beispiel galt, bei einem Gegenüber die Temperamentsausbrüche zu bremsen.

„Allererste Frage: Haben Sie vorgestern Abend hier serviert?"

Der junge Kellner zupfte an seiner Kragenschleife, wobei er nickte. „Wir arbeiten in der Bar zu dritt. Jeder von uns hat ein Revier zu je acht Tischen, was im Turnus gewechselt wird."

„Moment, Moment! Mich interessieren bestimmte Plätze. Nur Tische vorn an der Tanzfläche. Genauer gesagt, die dort rechts und links vor der kleinen Bühne stehen." Olsen zeigte auf den weißglitzernden, mit kleinen bunten Papageien dekorierten Bühnenvorhang.

„Ist zufällig diese Woche mein Revier", näselte der Kellner.

„Na, großartig. Kommen Sie, gehen wir mal rüber."

An der kleinen, halbmondartig gebogenen Tanzfläche blieb er stehen. Er blickte rundum, dann auffordernd den Kellner an.

„Erinnern Sie sich, was vorgestern Abend, spätabends, hier los war?"

„Sie meinen die Verhaftung der beiden Männer durch eine Nachtstreife der Kripo?"

„Genau das meine ich."

Der Kellner strich über seine dunkle, ölig glänzende Frisur, die im Nacken zu einem Pferdeschwanz auslief. Er zeigte in die Richtung der beiden rechts außen stehenden kleinen runden Tische. „An dem einen davon haben sie gesessen, und ich habe ihnen…"

Der Hauptkommissar hob die Hand. „Sachte, nicht so hastig. Was Sie serviert haben, will ich nicht wissen. Was mich interessiert, sind Beobachtungen, besonders solche von auffälliger Art. Gab es zwischen den beiden irgendein Einvernehmen? Kannten sie sich? Während Sie servierten, hatten Sie doch Gelegenheit, sie aus der Nähe zu betrachten."

Olsen trat einen Schritt dichter an den Kellner heran. „Überlegen Sie genau. Es ist von großer Wichtigkeit, was ich von Ihnen wissen möchte, wissen muss", unterstrich er.

Die Formulierung von „großer Wichtigkeit" war stark übertrieben. Aber mit solchen Worten hatte der Hauptkommissar schon oftmals bei Zeugen gute Erfolge erzielt. Insgeheim sagte er sich: Was kann hier schon noch von großer Wichtigkeit sein?

Im Grunde genommen, und das hatte er schon von Anfang an gewusst, war dieses Gespräch mit dem Kellner nichts weiter als eine kleine Routineüberprüfung, die jeder andere Mitarbeiter des Rauschgiftdezernats hätte erledigen können. Aber, der Wunsch des Chefs ist nun einmal heilig, sagte sich Olsen innerlich seufzend.

Der Kellner sah nun doch ein wenig beeindruckt auf den Hauptkommissar. Er fühlte sich gewissermaßen in die Pflicht genommen, Wichtiges auszusagen und selbstverständlich nur die Wahrheit und nichts als die Wahrheit, wie der Hauptkommissar noch mit erhobenem Zeigefinger hinzugefügt hatte.

„Wer von den beiden kam zuerst?" Olsen beschrieb mit knappen Worten Koschinski und den Matrosen.

Der Kellner zupfte erneut an seiner Schleife. „Moment…" Er suchte nach einem Anfang.

„War es so, dass zuerst der große Mann kam, der mit dem etwas gelichteten, strähnig nach hinten gekämmten Haar? Das müsste so gegen zwanzig Uhr gewesen sein. Möglich auch eine halbe Stunde später. Der andere, viel kleiner, kam dagegen später. Ist das richtig?"

Der Kellner starrte zu dem Tisch hinüber, als säßen die besagten Personen noch dort, dann schüttelte er den Kopf. „Nein, das stimmt nicht. Nicht um zwanzig Uhr, auch nicht gegen Zwanzigdreißig".

„Und warum nicht?"

„Weil dort an beiden Tischen nämlich von Anfang an, also ab zwanzig Uhr, bis ziemlich zum Ende der ersten Vorstellung Ehepaare saßen. Nicht mehr ganz junge Ehepaare. Ich erinnere mich genau. Das eine Ehepaar blieb nicht ganz bis zum Schluss der ersten Vorstellung. Vielleicht bis zwanzig Uhr fünfundvierzig. Erst danach, denn nun war dieser Tisch frei, kam der größere der beiden Männer."

„Eine fast präzise Zeitangabe. Lässt sich hören." Olsen nickte anerkennend.

„Übrigens, ich kenne den Mann", sagte jetzt der Kellner mit wichtigtuerischer Miene. „Er kommt öfter hierher, aber meistens nur zum Spätprogramm, ab zweiundzwanzig Uhr, kurz vor Mitternacht, wenn es richtig pikant wird auf der Bühne. Sie verstehen, was ich meine."

„Verstehe", erwiderte kurz der Hauptkommissar. „Aber bleiben wir besser bei den beiden Männern. Wann kam der andere, der kleinere?"

„Viel später. Gegen zweiundzwanzig Uhr oder danach."

„Nichts Auffälliges, was mit der später erfolgten Festnahme möglicherweise in Zusammenhang gebracht werden kann?"

„Absolut nichts. Als die beiden verhaftet wurden, hatte ich gerade in der Küche zu tun. Ich weiß überhaupt nicht, weshalb sie verhaftet wurden. Es muss alles sehr schnell gegangen sein. Als ich nämlich aus der Küche kam, mit einer kalten Platte jonglierend, sah ich gerade noch, wie die beiden Männer die Bar verließen, sehr eng begleitet von zwei anderen Männern. Was haben die beiden denn ausgefressen?"

Der Hauptkommissar hob nichtssagend die Schultern. „Mein Freund, deshalb bin ich ja hier, um es zu ergründen. Wenn Sie es mir nicht sagen können…"

„Kein Stück", resignierte der Kellner. „Bis auf das, was man so hinterher hört."

Er wartete vergeblich auf die Frage des Hauptkommissars, was man denn so alles hinterher gehört habe. Aber Olsen wollte absolut nicht wissen, was sich das Personal der Kakadu-Bar nach der Festnahme von Koschinski und de Jong ausgedacht haben mochte.

„Das wär's."

Olsen nickte dem jungen Kellner freundlich zu. „Und nun lassen Sie mich hier schleunigst raus. Ich brauche frische Luft."

Wenig zufrieden mit dem, was er gehört hatte, ging der Hauptkommissar durch die Straßen. Es sah ganz so aus, als sei Koschinski in Rauschgiftgeschichten ein kleiner Fisch, einer von denen, die nebenher versuchen Geld zu machen. Er verwünschte diese ganze Koschinski-Geschichte. Er wünschte, dass Oberkommissar Möller endlich zum Dienst erscheinen und ihm diese verdammte Sache abnehmen würde. In Gedanken verglich Olsen die Aussage von Koschinski und die des Kellners. Koschinski hatte zu Protokoll gegeben, er habe zeitig, sehr zeitig sogar, die Kakadu-Bar aufgesucht. Wer von beiden hatte sich geirrt? Immerhin gab es eine Zeitdifferenz von mehr als einer Stunde.

\*

Es dunkelte bereits, als der Hauptkommissar beim Kriminalamt ankam. Er sah oben im Büro noch Licht. Das musste Schulzendorfer sein, der aus Hagen zurückgekommen war und weisungsgemäß noch auf ihn wartete. Olsen hatte ihn gleich nach Verlassen der Kakadu-Bar angerufen.

Kriminalobermeister Schulzendorfer saß mit langgestreckten Beinen an seinem Arbeitsplatz und schaute erwartungsvoll auf seinen Chef.

„Leg los", begrüßte dieser ihn. „Was hat der Tag gebracht? Sind die Ergebnisse von der Spurensicherung gekommen? Gibt es andere Neuigkeiten? Besonders aus Hagen, meine ich."

„Nicht allzu viel, fürchte ich", antwortete Schulzendorfer, ohne seine Körperhaltung zu verändern.

„Na macht nichts, dafür habe ich etwas für dich. Das wird dir auf die Sprünge helfen, diesen Ingo zu finden, den du heute, wie ich annehme, nicht aufspüren konntest. Ist es so?", sagte Olsen augenzwinkernd.

„Ja, ist so", antwortete Schulzendorfer verdrießlich. Dann richtete er sich auf. „Aber ein paar Neuigkeiten gibt es doch. Sagt dir der Name Andreas Schröder etwas?"

Olsen hob den Kopf. Seine Aufmerksamkeit war unverkennbar. „Sieh mal einer an. Vor knapp drei Stunden ist mir zum ersten Mal dieser Name untergekommen, und schon weißt du, so wie es aussieht, mehr über diesen Mann als ich."

Schulzendorfer rieb sich mit der Hand über das Kinn, auf dem die Bartstoppeln von einem langen Arbeitstag kündeten.

„Und ob. Ich habe persönlich Schröders Bekanntschaft gemacht und auch schon eine Theorie, welche Rolle dieser Mann eventuell in der Mordsache gespielt haben könnte."

„Da bin ich neugierig. Also erzähle. Wie und wo hast du den Mann aufgespürt?"

Der Kriminalobermeister schlug einen vor ihm liegenden Aktendeckel auf. „Von Aufspüren kann keine Rede sein. Ich war gerade von Hagen zurück, da erschien dieser Mann namens Andreas Schröder hier in unserem Büro und erklärte, noch bevor ich fragen konnte, was er wolle, er sei der Stiefvater von Kerstin Berthold."

„Na, sieh mal an", murmelte Olsen. „Das ist doch was."

„Wie gesagt, er ist der Stiefvater unserer Leiche, der, wie er sagte, von uns mehr erfahren wolle, als die Zeitungen bis jetzt berichtet hatten. Er wollte wissen, wie das Mädel umgekommen ist. Entsprechend fragte er direkt, ob wir schon den Mörder kennen, ihm auf der Spur sind und so weiter. Das war in der Hauptsache alles, was diesen Schröder betrifft."

„Das kann längst nicht alles sein", murrte der Hauptkommissar. „Da fehlt noch jede Menge Hintergrund. Da gibt es doch noch tausend Fragen."

„Warte!" Schulzendorfer hob beschwichtigend die Hand und begann langsam vorzulesen, was Andreas Schröder in der Befragung zu Protokoll gegeben hatte.

„Danach ist Schröder sechsundfünfzig Jahre alt, Tischler von Beruf, nicht vorbestraft. Er hatte 1998 die geschiedene Petra Berthold kennengelernt und sie 1999 geheiratet. Diese Ehe wurde genau sieben Jahre später, also 2006, auf Antrag der Ehefrau geschieden. Weil er, wie er freimütig erzählte, zu oft und zu reichlich dem Schnaps zugesprochen hatte. Jedenfalls, nach der Ehescheidung ist Schröder dann von Hagen weg und in unsere schöne Stadt gezogen. Er wohnt übrigens nicht weit entfernt vom Uferweg. Praktisch in Tatortnähe."

„Na, na", machte der Hauptkommissar. „Wie weit ab?"

„Flutstraße 27."

„Das sind, wenn ich mich nicht irre, immerhin so um sechs Ecken herum. Hast du ihn gefragt, wann er die Berthold das letzte Mal gesehen hat, ob er wusste, wo sie wohnte?"

„Habe ich. Selbstverständlich." Schulzendorfer fuhr mit dem Finger über den letzten Absatz der Zeugenaussage. „Ich habe meine Stieftochter Kerstin Berthold seit der Ehescheidung von ihrer Mutter und nach meinem Weggang aus Hagen nie wieder gesehen. Das ist nun wirklich alles."

„Ist doch eine ganze Menge, finde ich." Olsen sah Schulzendorfer an. „Was meinst du?"

„Wie man es nimmt. Oberflächlich betrachtet, ja, schon."

„Bleiben wir noch ein wenig an der Oberfläche. Ich hätte gerne noch eine Personenbeschreibung von diesem Schröder. Welchen Eindruck machte er? Glaubst du ihm, was er dir alles erzählt hat?"

Schulzendorfer kratzte sich den Kopf. „Dieser Mann, blass und hager aussehend, scheint mir nach wie vor den Alkohol zu lieben. Wenn mich mein Geruchssinn nicht im Stich ließ, dann wehte, wenn Schröder sprach, eine hübsche kleine Fahne hinterdrein."

„Die Beschreibung ist noch nicht komplett! Ein großer oder ein kleiner Mann?"

„Mittelgroß, knapp eins siebzig, würde ich sagen." Schulzendorfer klappte den Aktendeckel zu und sah Olsen an. „Was hältst du von diesem unaufgeforderten Besuch? Ich habe da schon meine Theorie."

„Na los, lass hören", sagte Olsen.

„Wir wissen aus Erfahrung, dass es Täter gibt, die, entweder aus innerer Regung getrieben oder aus purer Neugier, die Nähe des Tatortes aufsuchen, um zu hören, wie die Leute in der Nachbarschaft über ihr Verbrechen denken. Sozusagen eine seelische Bewältigung der Tat oder wenn du willst, eine innere Befriedigung."

„Hm, klingt irgendwie nicht überzeugend."

„Kann doch sein", fiel Schulzendorfer wieder ein. „Kann doch durchaus sein, dass Schröder sich hier bei uns eingeschlichen hat, um aus erster Hand zu hören, wie weit die Polizei mit ihren Nachforschungen gekommen ist."

Olsen lächelte. „Ich nehme an, solche Gedanken hast du aus irgendeinem Buch über Kriminalpsychologie herausgelesen. An der Analyse über die Rückkehr eines Mörders zum Tatort ist zweifelsohne etwas dran. Soweit ich etwas davon verstehe, und das hat meine lange Praxis bewiesen, ist es fast nie der Fall gewesen, dass ein Mörder so überaus kurz nach der Tat, wie in unserem Fall angenommen werden muss, zum Tatort zurückkehrt."

„Also darauf würde ich nicht wetten", antwortete Schulzendorfer skeptisch.

„Ich kann mir, rein gefühlsmäßig gesagt, einfach nicht vorstellen, dass dieser Mann der Mörder sein soll. Hat er ein Motiv? Könnte der Tod der Stieftochter ihm Nutzen bringen? Vorausgesetzt, dass seine Aussagen der Wahrheit entsprechen. Ich denke, wir lassen Schröder vorläufig noch beiseite. Überprüfen aber, wo er am Dienstagabend war."

„Und dass er gelernter Seiler ist. Auch wenn er diesen Beruf schon lange nicht mehr ausübt, einen Palsteg wird er zu knüpfen verstehen."

Schulzendorfer spielte diese Anmerkung wie eine Trumpfkarte aus.

„Ist alles richtig und sagt uns auch was. Aber jetzt will ich endlich wissen, was du in Hagen über Kerstin Berthold erfahren hast."

Kriminalobermeister Schulzendorfer blätterte in seinem Notizbuch. Er lehnte sich dabei in seinem Stuhl zurück und verfolgte über den Buchrand hinwegblickend den Hauptkommissar, der jetzt gemächlich auf und ab ging.

„Hagen ist ein hübsches, kleines Städtchen. Könnte mir gefallen. Aber Dienst machen möchte ich dort nicht."

„Wirst du auch nicht", tröstete ihn der Hauptkommissar. „Sofern du jetzt endlich zur Sache kommst."

„In der Polizeidienststelle erfuhr ich, dass Kerstin Berthold, sie hatte übrigens damals nicht den neuen Namen ihrer Mutter angenommen, noch im gleichen Jahr wie ihr Stiefvater ebenfalls von Hagen hierher gezogen war. Sie soll hier als Sekretärin in einem Hafenkontor Arbeit gefunden haben. Wo, muss noch festgestellt werden."

Olsen nickte.

„In der Schule ermittelte ich eine Lehrerin, die Kerstin Berthold einige Jahre in ihrer Klasse gehabt hatte. Sie soll, wie mir geschildert wurde, von Anfang an, seit sie neunzehnhundertsechsundneunzig eingeschult wurde, ein verschlossenes, in sich gekehrtes Kind gewesen sein. Kerstin hatte keine richtige Freundin und hat sich nur ungern, ja beinahe widerwillig den anderen Schülern angeschlossen. Schulveranstaltungen hat sie möglichst nicht mitgemacht. Diese Tendenz zum Einzelgängertum, wie es die Lehrerin bezeichnete, soll sich im Laufe der Jahre, bis zu Kerstins Schulabgang, gesteigert haben. Nach Meinung der Lehrerin war Kerstin Berthold ein introvertiertes Kind, wenn nicht gar, wie sie nach Zögern hinzufügte, gemütskrank."

„Seltsam war sie gewiss", meinte Olsen leise. „So viel haben wir bereits feststellen können."

„Aber krank? Ich weiß nicht", sagte Schulzendorfer. „Wohl kaum, denn Kerstin soll ein durchaus gescheites Kind gewesen sein und eine sehr fleißige Schülerin."

„Vielleicht hängt ihr Einzelgängertum damit zusammen, dass sie so tief trauerte", fuhr Schulzendorfer fort. „Sie trauerte um ihren verstorbenen Vater, aber wahrscheinlich noch mehr darüber, dass ihr Bruder Rolf neunzehnhundertfünfundneunzig, kurz nach dem Tod des Vaters, ebenfalls verstarb. Genaueres konnte oder wollte die Lehrerin dazu nicht sagen. Sie ist erst einige Jahre darauf an die Schule gekommen."

„Soweit ein guter Bericht. Er gibt dem Bild, dass ich mir von Kerstin Berthold mache, mehr Tiefenschärfe. Und was hast du von ihrer Mutter erfahren können?"

„Nichts. Sie war nicht zu Hause. Nachbarn konnten mir auch keine Auskunft geben, wann sie eventuell anzutreffen ist. Ich habe den Eindruck, es gibt in ganz Hagen kaum einen Einwohner, der mit Petra Berthold, die übrigens nach der Ehescheidung von Schröder ihren alten Namen wieder angenommen hat, irgendwie nachbarlich oder gar freundschaftlich verkehrt."

„Schade, dass nicht mehr dabei herausgekommen ist. Dann werde ich nach Hagen fahren, um Frau Berthold vom Tod ihrer Tochter zu unterrichten, falls sie es nicht schon weiß, und eventuell noch einiges mehr über ihre Tochter zu erfahren", sagte der Hauptkommissar. „Aber jetzt weiter."

„Ich habe in Hagen auch keinen Menschen getroffen, der Andreas Schröder als sympathischen Mitbürger bezeichnet hätte. Einige Männer im Ort, die den Schröder noch vom Stammtisch ihrer Kneipe kennen, haben mir erzählt, dass Schröder von seiner Frau als einer Frau gesprochen habe, die man nur mit Bier und Schnaps ertragen könne. Vielleicht nur Gerede." Schulzendorfer schlug sein Notizbuch zu. „Das wär's. Soviel aus Hagen."

Olsen sah Schulzendorfer nachdenklich an. „Ja, ja", murmelte er. „Natürlich versteht ein gelernter Seiler alle Arten von Knoten und Schlingen zu binden, aber muss er deshalb gleich zum Mörder werden?"

*

Wieder war ein Tag vergangen. Entgegen seiner Erwartung hatte Hauptkommissar Olsen ausgiebig und gut geschlafen und wartete jetzt ungeduldig vor dem Haus Uferweg 12 auf Kriminalobermeister Schulzendorfer.

Dieser hatte im Auftrag Olsens noch den Dienstwagen zu holen und sollte sich damit zur angegebenen Stunde vor dem Hause einfinden. Allerdings war er schon fast zwanzig Minuten überfällig.

Wieder ging Olsen ein Stück in die Richtung, aus der Schulzendorfer kommen musste, als das Dienstfahrzeug gerade um die Ecke bog.

„Na endlich", rief Olsen dem Aussteigenden entgegen. „Wohl verschlafen, was?"

„Das hätte ich gerne, dann wäre ich unserem Polizeirat auch nicht in die Arme gelaufen. Er hat wieder nach dir gefragt und erwartet dich heute bei sich zum Rapport."

„Und? Was hast du ihm geantwortet?"

„Das übliche. Wir sind nahe an der Aufklärung und du wirst dementsprechend bald berichten." Schulzendorfer reckte sich und blinzelte in die Sonne. „Sehr erfreut schien er mir allerdings nicht."

„Na wenn schon", Olsen wandte sich zum Hauseingang. „Kümmern wir uns erst einmal um unseren Mord beziehungsweise um diesen ominösen Robby. Frau Neupert, die Freundin der Hauswartsfrau, soll mit ihm liiert gewesen sein. Sie müsste uns sagen können, wo wir ihn finden."

„Also dann", sagte Schulzendorfer, während er die schwere Haustür aufdrückte.

Hauswartsfrau Elisabeth Rachow, die in diesem Augenblick auftauchte, hatte die beiden Kriminalbeamten sofort wieder erkannt.

„Mein Gott! Jetzt glaube ich beinahe wirklich, dass Sie den Mörder hier im Hause suchen."

„Davon kann keine Rede sein", beschwichtigte Olsen sie. „Wir machen gewissermaßen nur einen harmlosen Hausbesuch, zu dem Sie mir übrigens geraten haben."

„Ich… Ihnen… geraten?" Es verschlug ihr fast die Sprache. „Was kann ich einfache Frau Ihnen schon geraten haben?"

„Wenn es Sie beruhigt, Frau Rachow, wir besuchen Karin Neupert", erwiderte Olsen mit ernster Miene. „Ist sie zu Hause? Wissen Sie es zufällig?"

Sie wusste es. Hauswartsleute wissen so manches unglaublich zufällig. Und so rief Elisabeth Rachow den beiden Kriminalbeamten nach: „Halt! Da ist vielleicht noch was Wichtiges für Sie. Der Herr Pohl ist wieder da."

Wie alle Mieter im Vorderhaus, so stand auch Karin Neupert, zweiter Stock links, nicht auf der Liste der verdächtigen Personen. Aber im Personenverzeichnis, das Kriminalobermeister Schulzendorfer im Fall Kerstin Berthold angelegt hatte.

„Schreib die Namen der Reihe nach auf und dahinter alle Daten, die wir bis jetzt von jeder Person haben", hatte der Hauptkommissar ihm aufgegeben. Jedenfalls in dieser Reihe gab es nur eine Lücke, und zwar hinter dem Namen Harry Pohl.

Das war der Mieter, der seine Wohnung unter der von Kerstin Berthold hatte und der am Abend, als die Mordkommission im Hause die Arbeit aufnahm, nicht angetroffen wurde. Er konnte auch am darauffolgenden Tag nicht aufgespürt werden. Nach Auskunft der Hauswartsfrau war Pohl angeblich am Zwanzigsten nach Hamburg zu seinem Bruder gefahren.

„Kerstin Berthold ist laut Gutachten von Dr. Manteuffel am zwanzigsten März ermordet worden. Falls du es vergessen haben solltest", erinnerte Schulzendorfer.

„Also Pohl ist wieder da. Na fein. Wir werden uns nachher mit ihm unterhalten", meinte Olsen lakonisch.

„Bei Lichte besehen, gibt Harry Pohl vielleicht auch Stoff für eine Theorie her", sagte vieldeutig Schulzendorfer.

Sie standen vor der Tür, zweiter Stock links. Der Hauptkommissar legte den Finger auf den Klingelknopf.

Bevor Karin Neupert öffnete, hörten sie ihre Stimme im Hintergrund. Ziemlich laut und es klang ärgerlich.

„Verdammt noch mal! Ja doch! Ich komme gleich!"

Als Olsen und Schulzendorfer ihr dann gegenüber standen, sahen sie in das jetzt lächelnde, strahlende Gesicht einer attraktiv aussehenden Mittdreißigerin. Sie hielt beide Hände hoch, so als wolle sie sich ergeben, zeigte indes ihre geröteten und nassen Hände und sagte nicht ohne Koketterie: „Bin gerade bei der Wäsche."

„Und wir sind von der Kripo", sagte Olsen halblaut.

Zum Erstaunen der beiden Kriminalbeamten nahm ihnen Karin Neupert trotzdem mit den Fingerspitzen die ihr entgegengehaltenen Dienstausweise ab. Neugierig betrachtete sie die Gesichter auf den Fotos. „Nicht besonders gut getroffen." Sie kicherte. „In Wirklichkeit sehen Sie viel besser aus."

„Sehr freundlich", gab Olsen zurück.

„Treten Sie näher. Sie kommen wegen der Mordsache oben, stimmt´s."

„Stimmt."

Sie sah Olsen mit ernster werdender Miene an. „Ich weiß so gut wie nichts."

„Das wollen wir abwarten", widersprach Olsen sanft. „Was wir wissen wollen, bezieht sich hauptsächlich auf die Beziehung, die zwischen Ihnen und Ihrem ehemaligen Freund Robby bestanden hat."

Karin Neupert zeigte ein erstauntes Gesicht. „Dringen Sie da nicht ein bisschen weit in mein Privatleben ein?" Es war nicht allzu ernsthaft, geschweige denn zurückweisend gesagt.

„Wollen wir nicht", antwortete verbindlich Hauptkommissar Olsen. „Vielleicht so viel: Sie kannten ihn doch gut, nicht wahr?"

Sie hob geringschätzig die Achseln. Ihre Stimme wurde ein wenig betroffen, schroffer. „Also, genau gesagt, mich interessiert er nicht mehr."

„Soll sein, uns ja, aus dienstlichen Gründen, verstehen Sie?"

Sie sah fragend von einem zum anderen. „Hat er was ausgefressen?"

„So genau weiß man das bis jetzt nicht", antwortete Olsen vorsichtig. „Trauen Sie ihm denn ein krummes Ding zu?"

„Tut mir leid. Das interessiert mich alles nicht."

„Machen wir es kurz", sagte Olsen. „Was wir von Ihnen wissen wollen, ist seine Adresse. Mehr nicht." Obgleich das nicht die ganze Wahrheit war.

„Wollen Sie sehen, wie er aussieht?" fragte sie plötzlich.

„Wir wissen es", flunkerte Schulzendorfer, ohne mit der Wimper zu zucken. „Aber falls Sie zufällig ein Foto von ihm bei der Hand haben…"

„Habe ich."

Sie trat an eine Kommode, wühlte unter Briefen und dergleichen und hob dann ein Foto, großformatig und offenbar professionell aufgenommen, in die Höhe.

„Bedienen Sie sich. Hier haben Sie Robert Mehler, auch Robby genannt. War kurze Zeit mit ihm befreundet."

„Eng befreundet?"

„Muss ich darauf antworten, Herr Hauptkommissar?" Sie überreichte Olsen das Foto.

„Nicht unbedingt", antwortete er ausweichend. „Wenn es Ihnen nichts ausmacht."

„Also, ja, wir waren so eng befreundet, wie ein Mann und eine Frau eng befreundet sein können", erwiderte sie diplomatisch.

Sie lachte plötzlich auf. „Sie können das Foto behalten und es sich einrahmen lassen, wenn es Ihnen gefällt."

Olsen betrachtete es. Es zeigte ein sympathisches Gesicht, gebräunt von der Sonne, sehr männlich, sehr fotogen.

„Was hat dieser nette junge Mann für einen Beruf?", wollte Kriminalobermeister Schulzendorfer wissen.

„Er war Bootsmann auf der Hafenfähre, ob er es jetzt noch ist, weiß ich nicht. Vielleicht fragen Sie mal Ingo Lorenz. Diese beiden sind, soviel ich weiß, noch immer gute Freunde." Sie zögerte. „Obwohl sie sich einmal wegen Kerstin Berthold in den Haaren hatten".

„Sehr interessant", bemerkte Olsen. „Wo wir Ingo Lorenz finden können, wissen Sie wohl nicht?"

„Nein."

„Was Sie da andeuten, können Sie das ein bisschen näher beschreiben?", fragte Olsen. „War es etwa ein Streit, in dem auch Sie eine Rolle spielten?"

„Ach bewahre", erwiderte sie wegwerfend und ließ deutlich erkennen, wie gleichgültig ihr das war. „Robert Mehlers Herz begann eines Tages unvermutet auch für Kerstin Berthold zu schlagen. Er versuchte sie quasi seinem Freund Lorenz auszuspannen. Verstehen Sie..."

Olsen und Schulzendorfer sahen sich an. Mehler und Lorenz waren also eifersüchtige Konkurrenten gewesen. Zwischen ihnen hatte Kerstin Berthold gestanden und nicht zuletzt auch Karin Neupert, die anderseits von ihrem Freund Robert Mehler betrogen worden war.

„Wann haben Sie Herrn Mehler das letzte Mal gesehen?", fragte Olsen.

„Wann schon? Ist Monate her, seit wir unsere Freundschaft aufkündigten." Sie schnippte mit den Fingern. „Ist für mich alles nicht mehr wichtig."

„Für uns schon", antwortete Olsen, „und somit möchte ich noch zwei Fragen stellen. „Wir haben in Erfahrung gebracht, dass Sie sich mit Kerstin Berthold nicht gut standen, vielleicht sogar mit ihr verfeindet waren, was Sie ja auch eben in gewisser Weise zu verstehen gaben."

„Erstaunlich, was Sie nicht alles so in Erfahrung bringen", antwortete Karin Neupert gelassen. „Wir haben uns, wie man so sagt, beide nicht riechen können, das ist alles. Und Ihre letzte Frage?"

„Ist die Wiederholung unsere ersten: Wo erreichen wir Herrn Mehler?"

„Kann ich nicht beantworten. Wer weiß, bei welcher Frau er zurzeit wohnt. Am besten, Sie fragen mal bei der Hafenrundfahrt nach. Wenn er dort noch arbeitet."

„Sie haben uns wirklich sehr geholfen", sagte Olsen und verbeugte sich leicht.

„Habe ich das?" erwiderte Karin Neupert irgendwie enttäuscht, als sich die beiden Kriminalbeamten verabschiedeten.

*

Nachbar Harry Pohl, ein Hüne von Gestalt, wog mindesten einhundertzwanzig Kilo und war etwa eins neunzig groß. Ein Muskelpaket. Er war von Beruf Zapfer in einer Kneipe in der Hafengegend und dort, nicht nur nebenher, auch Rausschmeißer. Er hatte merkwürdig intensiv helle blaue Augen, die verschmitzt und ein wenig eng gestellt in seinem rosigen rundlichen Gesicht standen und abwartend die beiden vor ihm stehenden Männer musterte. Kein Kind von Traurigkeit, dachten die beiden.

Das Stichwort Polizei genügte ihm. Pohl winkte kurz ab, als Olsen und Schulzendorfer ihre Ausweise zückten.

„Kripo! Glaub ich Ihnen auch so, ohne Ausweis", sagte er vergnüglich. „Kommen Sie herein, ich habe Sie schon erwartet. Habe ein reines Gewissen." Er grinste.

„Tatsächlich? Wie das?", fragte gespielt naiv Hauptkommissar Olsen.

„Junge, Junge", murmelte Pohl, „da ist nun was Tolles, was Spannendes passiert und ich war nicht zu Hause. Ein Mord über mir…" Es klang wahrhaftig wie bedauernd.

„Ich weiß nicht, was daran spannend oder gar toll sein soll", sagte Schulzendorfer streng.

„Na ja, ich meine man ja nur… Können Sie sich vorstellen, was passiert wäre, wenn mir dieser Kerl in die Arme gelaufen wäre."

„Kann ich mir gut vorstellen", antwortete Olsen. „So gesehen, wirklich schade, dass Sie an dem Abend nicht in Ihrer Wohnung waren. Vielleicht wäre Ihnen etwas aufgefallen, hätten Sie womöglich etwas gehört, was bei Kerstin Berthold vor sich ging."

Pohl wischte sich mit dem Handrücken den Mund. „Kommen Sie rein, nehmen Sie Platz, erzählen Sie mir, was alles in der Wohnung mit der kleinen Berthold passiert ist. Kinder, Kinder… Ein Mord, ein richtiger Mord über mir, nicht zu fassen."

„Sie kannten die Kleine?", fragte Olsen.

„Nur ganz flüchtig. War ein hübsches Ding."

„Was anderes", sagte Olsen und schloss dabei die Augen. „Wo haben Sie denn an diesem Abend gesteckt, Herr Pohl?"

„Wo ich an diesem Abend war, wollen Sie wissen", wiederholte Harry Pohl gedehnt. „Nehmen Sie etwa an, ich hätte…" Er lachte schallend. „Moment! Warten Sie mal. Das haben wir gleich." Sich zum Tisch beugend, nahm er eine Fahrkarte hoch. „Hier, nach Hamburg und zurück. Mit Datum und Stempel. Sagt Ihnen das was? Na das ist ja ein Ding, ich in Verdacht…"

Er öffnete eine Klappe in seinem Wandschrank und stellte eine Flasche Schnaps und drei Gläser auf den Tisch.

„Natürlich stoßen wir nicht auf den Mord an, selbstverständlich nicht", sagte aufgeräumt die Frohnatur Harry Pohl. „Nur weil es so gut schmeckt und gut tut. Und selbstredend darauf, dass dieser verdammte Mörder der Kleinen schnell gefasst wird. Das schlagen Sie mir doch nicht ab."

„Ein guter Schnaps", sagte Kriminalobermeister Schulzendorfer, der das Etikett auf der Flasche betrachtet hatte.

„Aber leider", setzte Olsen hinzu, „sind wir im Dienst. Das mit der Fahrkarte hingegen ist leider lange nicht so gut, wie es sich anhört". Der Hauptkommissar nahm die Fahrkarte zur Hand. „Eine Fahrkarte kaufen ist das eine. Man kann in einen Zug einsteigen, zwei Wagen weiter wieder aussteigen, man kann auch ein Stück mitfahren und ein paar Stationen später aussteigen. Und man kann dann bis zur Abfahrt des nächsten Zuges in der Zwischenzeit mancherlei erledigen. Meinen Sie nicht auch, Herr Pohl. Rein theoretisch, verstehen Sie."

„Und natürlich auch praktisch", setzte Schulzendorfer hinzu.

„Und ob, klar kann man das. Hab ich schon mal in einem Krimi gelesen. Klar gibt es so was. Aber nicht bei mir."

Pohl ließ seine Faust auf den Tisch fallen, dass der Schnaps in der Flasche schwappte und die Gläser zitterten.

„Lässt sich alles feststellen", sagte Olsen gemütlich.

„Und ob. Schließlich wäre da ja noch meine Schwester in Hamburg. Fragen Sie mal nach, zu welcher Stunde ich dort angekommen bin."

Pohl goss sich sein Glas wieder voll. „Auf mein Wohl. Auf einen Bein kann man ja bekanntlich nicht gut stehen", sagte er munter.

Schulzendorfer betrachtete nachdenklich das Glas. Olsen klopfte dreimal mit dem Knöchel auf den Tisch. „Na, denn." Er erhob sich.

Wie es aussah, war Harry Pohl kein Fakt in der Mordsache Berthold. Selbstverständlich würde man sein Alibi, seinen Besuch bei der Schwester in Hamburg, überprüfen.

*

Ingo Lorenz wohnte zur Untermiete bei einer älteren Frau namens Helene Bergmann. „Zweimal klingeln" stand unter seinem Namensschild. Es war eine Visitenkarte, ähnlich wie jenes, das der Hauptkommissar an Kerstin Bertholds Wohnungstür betrachtet hatte.

Hauptkommissar Olsen hatte Schulzendorfer, nach einem Abstecher beim Einwohnermeldeamt, ins Amt zurückfahren lassen und stand nun allein vor der Wohnungstür des angeblichen Verlobten der Ermordeten.

Als Lorenz vor Olsen stand, die Arme wie eine Barriere gegen den Türrahmen gestemmt, den Kopf ein wenig fragend schief haltend, erinnerte sich der Hauptkommissar der Personenbeschreibung, wie sie die Hausbewohner des Uferweg zwölf, insbesondere Frau Krüger, abgegeben hatten. Lorenz zeigte weder Erstaunen noch Unruhe, nachdem der Hauptkommissar sich vorgestellt hatte. Und doch glaubte Olsen Nervosität zu erkennen.

„Ich hätte gerne ein paar Fragen gestellt."

„Kann ich mir denken, deswegen sind Sie wohl auch hergekommen", antwortete Lorenz verhalten. Er legte zwei Finger an seine Lippen. „Treten Sie näher", sagte er halblaut.

Das kleine Zimmer, das er gemietet hatte, war nur mäßig möbliert. Ein breites, wandhohes Bücherregal, prall gefüllt, nahm die eine Wand ein.

Zum Fenster hin stand ein Tisch, der, erkennbar an dem aufgeklappten Laptop und dem Teller mit Essenresten, offensichtlich zum Essen und Arbeiten gleichermaßen genutzt wurde. Daran drei verschiedene Stühle. Überall lagen Bücher herum. An der anderen Wandseite eine Liege ohne Rückenlehne und ein Kleiderschrank aus roher Kiefer. Das war alles. Abgesehen von den Kleiderhaken an der Tür.

Mit dem Rücken dagegen gelehnt, stieß Lorenz plötzlich wehmütig hervor: „Ich habe sie geliebt! Genügt Ihnen das?"

Der Hauptkommissar hob unmerklich die Schultern. Er sah Lorenz abwartend, abschätzend an. Er sah in das kantige Gesicht eines blassen jungen Mannes mit einer schön geformten, etwas gebogenen Nase und blickte in zwei schwarzbraune Augen, die ihm misstrauisch oder vielleicht auch melancholisch entgegenstarrten.

„Sie wissen, weshalb ich gekommen bin. Es überrascht Sie nicht, wie ich feststelle."

„Es überrascht mich nicht. Wundert Sie das?", antwortete Lorenz leise, wie von weither.

„Wussten Sie, dass Kerstin Berthold schwanger war?" Olsen forschte in seinem Gesicht. Lorenz` Erstaunen schien ihm echt und ungekünstelt.

„Nein! Davon hat sie mir nichts gesagt oder auch nur angedeutet." Er fuhr sich verzweifelt mit den Fingern durch das Haar. „Ich habe nicht die geringste Ahnung. In welchem Monat war sie schwanger? Ich habe nicht die geringste Ahnung", wiederholte er. „Sie müssen mir glauben, Herr Hauptkommissar."

Ohne Lorenz anzusehen, antwortete Olsen unbewegt: „Nichts muss ich glauben. Setzen Sie sich", forderte er ihn auf. „Wir wollen das Verhältnis, das zwischen Ihnen und Kerstin Berthold bestand, näher betrachten. Ich gehe davon aus, dass Sie mit ihr verlobt waren."

„Naja, richtig verlobt eigentlich nicht, nicht mit Ring und so. Das macht doch heute keiner mehr. Aber wir waren uns einig, dass wir zusammen bleiben wollten. Immerhin kannten wir uns schon seit eineinhalb Jahren."

Der Hauptkommissar hob die Hand. „Wie und wann ist für mich nicht wichtig zu wissen. Mir genügt zu hören, wie dieses Verhältnis in letzter Zeit gewesen ist. Nehmen wir die vergangenen vierzehn Tage."

Ingo Lorenz rieb sich bekümmert die Stirn. „Es war längst nicht mehr wie vordem. Ohne dass ich etwa daran Schuld gehabt hätte. Auch das können Sie mir glauben."

„Was war anders geworden? Hatte es Auseinandersetzungen gegeben? Verstanden sie sich nicht mehr?"

Lorenz betrachtete seine Fingernägel. „Ja und nein! Ich hatte Grund, ihr Vorwürfe zu machen." Er zögerte. „Wie soll ich sagen, da war plötzlich etwas zwischen uns getreten."

„Glaubten Sie bei Ihrer... Verlobten, bleiben wir ruhig bei der Bezeichnung, eine Abneigung zu verspüren? Oder sagen wir, so eine Art Abkühlung?"

„Keine Abneigung im Sinne von Auseinandergehen wollen."

Der Hauptkommissar runzelte die Stirn. „Das hätte ich gerne etwas genauer gewusst. Umschreiben Sie nur einen Zustand etwaiger Eifersucht? Spielte ein anderer Mann eine Rolle? Hatte sich Kerstin Berthold einem anderen zugewandt?"

„Ich glaube es beinahe. Ich war mir darüber nicht ganz klar", erwiderte Lorenz mit traurig klingender Stimme.

„So, Sie glauben es. Wer ist der Mann? Kennen Sie ihn? Haben Sie ihn gesehen?"

Lorenz atmete tief. „Nein, so merkwürdig es klingt."

„Weiß der Himmel, merkwürdig genug, das muss ich schon sagen."

Lorenz erhob sich geräuschvoll, er stieß dabei den Stuhl um. „Sie glauben doch nicht, dass ich Kerstin aus Eifersucht..." Er stockte. „Meinen Sie etwa, dass ich mit Kerstins Tod etwas zu tun haben könnte?"

„Setzen Sie sich wieder", sagte Olsen nicht unfreundlich. „Bis jetzt war davon mit keinem Wort die Rede."

„Aber vielleicht denken Sie so. Sicher denken Sie so", sagte Lorenz noch immer aufgebracht.

„Nun hören Sie mal gut zu, Herr Lorenz, und überlegen Sie selbst, ob wir Sie in den Kreis verdächtiger Personen einbeziehen müssen oder nicht. Sie haben Schlüssel zur Wohnung Ihrer ehemaligen Verlobten. Sie hatten, wie wir wissen, Streit mit ihr gehabt. Und wir müssen mit an Wahrscheinlichkeit grenzender Sicherheit annehmen, dass Sie auch der Vater jenes zu erwarten gewesenen Kindes sind. Das lässt sich leicht feststellen. Man nennt das Indizien, Herr Lorenz. Verstehen Sie."

Lorenz schien eingeschüchtert und verwirrt. „Ich habe sie geliebt", wiederholte er schmerzlich aufs Neue.

„Wurden Sie in gleicher Weise wiedergeliebt?" fragte Olsen leise. „Kommen wir auf Ihre Eifersucht zurück. Die gab es doch, wie Sie zugeben müssen."

Lorenz nickte schwach.

„Also gut. Da war die Eifersucht auf einen Mann, den Sie nicht kannte, den Sie noch nie gesehen hatten." Der Hauptkommissar beugte sich weit vor. Seine Stimme nahm an Umfang zu. „Sie sind neunundzwanzig Jahre alt, Herr Lorenz, und hatten eine gute Schulbildung. Nun formulieren Sie endlich mal einen vernünftigen Satz!"

Ingo Lorenz, instinktiv vor Olsen zurückgewichen, brauste plötzlich auf. „Was ist eigentlich los? Was wollen Sie von mir. Etwa ein Geständnis?"

„Zunächst hätte ich gerne gewusst, wo Sie vorgestern, am Mittwochabend waren?"

„Kann ich Ihnen genau sagen", antwortete Lorenz selbstsicher.

„Zeugen werden es hoffentlich bestätigen können."

„Es gibt keine Zeugen."

„Klingt nicht gut."

Lorenz überlegte kurz. „Ich weiß nicht. Warten Sie... zuerst der Dienstag, der ganze Tag brachte mir Gewissheit, dass sich zwischen mir und Kerstin ein anderer Mann eingeschaltet hatte."

„Eingeschaltet? Was für ein Wort. Sie meinen, er hatte sich zwischen sie beide gedrängt."

„Ja, das meine ich. Ich hatte sie doch mit diesem Mann schon zweimal gesehen."

„Was Sie nicht sagen." Olsen schüttelte unwillig den Kopf. „Erst überhaupt nicht gesehen und nun gleich zweimal. Wie ging das zu? Wir wollen das mal geordnet abspulen. Erzählen Sie."

„Es ergab sich zufällig. Unsere Bücherstube, die Buchhandlung, in der ich arbeite, wurde renoviert und so hatte ich Gelegenheit, Kerstin einmal von ihrer Arbeitsstelle abzuholen. Was Sie natürlich nicht ahnen konnte. Ich hatte es mir auch als Überraschung gedacht. Aber ich verspätete mich, sie war schon nach Haus gegangen. Ich lief ihr also in dieser Richtung hinterher. Es war nebliges Wetter und auch schon dunkel. Als ich sie fast eingeholt hatte, sah ich sie in Begleitung eines Mannes. Daraufhin verfolgte ich sie nicht weiter. Ich war maßlos enttäuscht und ich hätte vor Eifersucht zerspringen können."

„Sie können den Mann nicht beschreiben..."

„Nein. Nur so viel, es war eine große Gestalt."

„Wie lange liegt das zurück?"

„Genau eine Woche."

„Und Sie haben daraufhin mit Kerstin Berthold keine Auseinandersetzung gehabt?"

„Nein. Bis auf Montagabend. Da habe ich sie mit diesem Mann, ich nehme an, dass es derselbe war, zum zweiten Mal gesehen. Diesmal aus kürzerer Entfernung, vielleicht dreißig bis vierzig Meter ab. Er stand mit Kerstin vor ihrer Haustür. Wie ich noch erkennen konnte, schienen sie sich gerade verabschiedet zu haben. Es war wieder trübes, dunkles Wetter. Ehe ich herankam, um Kerstin zur Rede zu stellen, sie zu fragen, was das alles zu bedeuten habe, war dieser Mann bereits meinem Blick entschwunden."

„Keine Personenbeschreibung möglich?"

Lorenz schüttelte den Kopf. „Wissen Sie, was Kerstin zu mir sagte? Dies sei der Mann, auf den sie schon lange gewartet habe. Sehnlichst lange… Und endlich habe sie ihn gefunden… So etwa drückte sie sich aus. Ich verstand nicht, was sie meinte. Als ich sie heftiger zur Rede stellte, klipp und klar Antwort von ihr forderte, sagte sie nur, noch sei es ein Geheimnis, aber schon bald würde sie es mir näher erklären."

„Also, das war am Montagabend?"

„Ja!"

„Und Sie drohten ihr an, dass Sie mit ihr Schluss machen würden?"

Ingo Lorenz starrte den Hauptkommissar wie hypnotisiert an. „So oder ähnlich habe ich tatsächlich mit ihr gesprochen, als ich dann verwirrt und wie von Sinnen, ohne mich von ihr zu verabschieden, davonstürmte. Aber woher wissen Sie, Herr Hauptkommissar, dass ich…"

Olsens Lächeln war von befreiender Art. Ingo Lorenz war nun für ihn, jedenfalls gefühlsmäßig, im Mordfall Kerstin Berthold endgültig außerhalb jeden Verdachts. Zu klären blieben noch die Abendstunden des Mittwochs.

„Ihre Geschichte ist noch nicht ganz komplett. Also wie war das vorgestern, Mittwoch?"

„Ich habe nach Ladenschluss mit einem Kollegen Billard gespielt. Im Casino am Neuen Markt. Sie können dort oder bei meinem Kollegen nachfragen."

„Werden wir. Wie lange haben Sie dort gespielt?"

„Genau zwei Stunden. Wir hatten es so vereinbart. Jeder sollte für eine Stunde Billardmiete zahlen. Etwa um halb zehn trennten wir uns. Zuerst wollte ich gleich nach Hause gehen, lief langsam durch die Straßen, und dann kam ich auf die Idee, noch Kerstin aufzusuchen."

„Was ja auch möglich war, denn Sie besaßen Haus- und Türschlüssel."

„Ja, das stimmt." Lorenz bedeckte sein Gesicht mit den Händen. „Ich hatte die Absicht, mich nach dem Streit am Montagabend zu entschuldigen, mich mit ihr zu versöhnen. Ich konnte ja nicht ahnen…"

„Ich verstehe", sagte Olsen zustimmend. „Wenn Sie jetzt noch zugeben, dass Sie zur gleichen Stunde das Polizeirevier anonym benachrichtigten, dann könnte ich beinahe den Schluss Ihrer Geschichte erzählen. Aber es ist erforderlich, dass Sie das alles selbst bei mir im Amt zu Protokoll geben."

„Ich komme", flüsterte Lorenz.

Olsen stand auf. „Das wär es dann wohl." An der Tür wandte er sich um. „Eine Frage noch. Sagen Sie mir, welche Sorte Zigaretten rauchen Sie?"

„Ich rauche überhaupt nicht", antwortete Ingo Lorenz verwundert. „Ist das eine wichtige Frage, Herr Hauptkommissar?"

„Jetzt nicht mehr", antwortete Olsen und ging endgültig.

*

*Aus dem Protokoll des Ingo Lorenz:*

„Es war am vergangenen Mittwoch, dem 21. März, etwa gegen zehn Uhr, als ich nach dem Billardspielen vor dem Hause Uferweg 12 ankam. Ich wollte mich unbedingt mit meiner Verlobten, Kerstin Berthold, versöhnen. Mir war der Streit, den ich am Montagmorgen mit ihr vor ihrer Haustür gehabt hatte, leid geworden.

Ich sah, dass im dritten Stock, in ihrer Wohnung, Licht brannte. Sie war also zu Hause. Die Haustür war verschlossen, doch ich hatte ja die mir von Frau Berthold überlassenen Haustür- und Wohnungsschlüssel. Ich schloss also die Haustür auf, ließ sie dann aber, wie mir jetzt einfällt, offen. Warum, kann ich nicht sagen. Leise ging ich hinauf. Niemand hatte mich gesehen. Ich hatte so langsam die Stufen genommen, dass oben, als ich vor ihrer Wohnungstür ankam, das automatische Treppenlicht ausging.

Zuerst wollte ich klingeln. Dann jedoch hatte ich die Idee, sie zu überraschen, mich sozusagen heimlich in ihre Wohnung schleichen. Ich wollte plötzlich vor ihr stehen und sie einfach in die Arme nehmen. Das Treppenlicht hatte ich nicht wieder eingeschaltet. Ich nahm den Wohnungsschlüssel zur Hand, doch da fiel mir ein, dass ich wahrscheinlich die Tür nicht würde aufschließen können, denn Kerstin hatte die Angewohnheit, sofort nach Betreten ihrer Wohnung die Sperrkette vorzulegen. Und ich wollte sie doch überraschen. Also versuchte ich es trotzdem mit dem Schlüssel.

Zu meinem allergrößten Erstaunen war die Tür weder verschlossen noch von der Sperrkette gesichert. Die Tür war nur zugezogen bis ins Schnappschloss. Ich betrat auf Zehenspitzen den Korridor, der vom Licht, das aus dem Zimmer kam, ein wenig erhellt wurde. Dann sah ich Kerstin. Ein entsetzlicher Anblick. Ich traute meinen Augen nicht. Sie hatte sich erhängt. Ich war fassungslos. Schuldgefühle packten mich. Ich wusste im Augenblick überhaupt nicht, was ich dachte, was ich tun sollte. Ich weiß nicht, ob ich an Mord gedacht habe. Warum auch? Ich weiß nur so viel. Ich verließ wie gehetzt, dabei aber vor Angst und Schrecken alles vergessend, die Wohnung, ohne die Wohnungstür hinter mir ins Schloss zu ziehen oder gar zu verschließen. Ich eilte die Treppe hinunter und ließ dann ebenfalls die Haustür offen, die hinter mir jedoch ziemlich geräuschvoll zufiel.

Dann lief ich die Straße hinauf bis zur nächsten Querstraße. Von der dortigen Telefonzelle aus benachrichtigte ich das zuständige Polizeirevier von dem, was ich soeben entdeckt hatte. Ich tat es anonym. Ich fürchtete, in eine Sache hineingezogen zu werden, an der ich vielleicht auch ein wenig Schuld hatte."

\*

Die Fahrt nach Hagen war Olsen wie ein Ausflug vorgekommen. Der Himmel war blau. Die Sonne schien. Das junge Grün der Wintersaaten rechts und links der Landstraße ließ Hoffnung keimen auf einen nahenden, lang ersehnten Frühling.

Aber nicht nur das herrliche Wetter trug zur Urlaubsstimmung Olsen bei. Auch die Tatsache, dass Oberkommissar Möller wieder seinen Dienst angetreten hatte und dass damit ab sofort der Fall Koschinski für ihn erledigt war. Nun war es an Möller, in der Rauschgiftaffäre-Koschinski politisches Fingerspitzengefühl zu zeigen.

Der Hauptkommissar hatte den Wagen vor dem kleinen Rathaus am Markt stehen lassen. Gleich nebenan befand sich die Polizeidienststelle des Städtchens. Es war nicht erforderlich, dort hineinzugehen, um sich nach Petra Bertholds Adresse zu erkundigen. Schulzendorfer hatte ihm zuvor den Weg dorthin beschrieben.

„Wenn du laufen willst, dann sind es an die zehn Minuten…"

Er werde zu Fuß gehen, hatte der Hauptkommissar geantwortet.

Und Schulzendorfer daraufhin: „Das Haus steht genau im Bogen der Müllergasse, kurz vor dem Anstieg zum Mühlenberg hinauf. Du kannst es nicht übersehen. An der Hauswand befindet sich ein Spalier mit Kletterrosen, die allerdings jetzt noch nicht blühen."

Exakt beschrieben, konstatierte Olsen, der gemächlich durch die enge Straße gegangen und nun gegenüber Nummer einundzwanzig stehengeblieben war. Nachdenklich sah er hinüber.

„Mal sehen, was dabei herauskommt", murmelte er.

Petra Bertholds Haus unterschied sich kaum von der Architektur der anderen, ebenfalls schmalen und niedrigen Häuser. Wie geduckt standen sie da, obgleich es eigentlich nichts gab, was sie ducken könnte. Weit und breit keine Berge, keine Licht und Raum schluckenden Bäume.

Auf einem Messingschild der Name Berthold. Das Namensschild war alt, wer weiß wie lange nicht geputzt und blind geworden von der Zeit.

Es gab keinen Klingelknopf, keinen Türklopfer. Man hatte den Eindruck, hier wurde niemand erwartet.

Es dauerte eine Weile, der Hauptkommissar hatte mehrmals kräftig mit der Faust gegen die Tür gehämmert, bis Petra Berthold ihm gegenüberstand.

Ihre mittelgroße Gestalt, dunkel gekleidet, schien mit dem Halbdunkel des Hausflures zu verschmelzen. Der Hauptkommissar sah in ein blasses Gesicht mit zusammengekniffenen Lippen, mit einem harten Zug um den Mund. Zwei misstrauisch fragende Augen starrten ihn an. Es war ein Gesicht, unverkennbar von einem enttäuschenden Leben gezeichnet.

Petra Berthold hatte die Türklinke nicht losgelassen. Sie umklammerte sie geradezu und blieb unbeweglich stehen. Sie fragte nichts, ließ nicht erkennen, dass der Besucher sie irgendwie interessierte, geschweige denn willkommen war. Erst als der Hauptkommissar seinen Dienstausweis zeigte, seinen Dienstgrad und Namen nannte, machte die Frau eine schwache Handbewegung zum Nähertreten.

In der Tür kurz verhaltend stehenbleibend, zog Olsen unwillkürlich den Kopf etwas ein. Dürftig fiel das Tageslicht durch enggefaltete Gardinen. Es gab in dem Raum, den Olsen trostlos fand, nicht viel zu sehen. Keine Bilder an den ockerfarbig getünchten Wänden. Auf einem Regalbrett einige bunte Tonkrüge und Töpfe, sicherlich so alt wie das Plüschsofa, das fast die ganze Wandfläche einnahm. An der niedrigen Zimmerdecke hing eine Lampe, deren runder Lampenschirm einen Riss aufwies.

Petra Berthold hatte sich wortlos in ihre Sofaecke gesetzt. Sie zeigte mit einem Finger auf die vier Stühle um den ovalen Tisch.

„Nehmen Sie Platz", eröffnete sie mit tonloser Stimme das Gespräch. „Egal was Sie von mir wollen, Herr Hauptkommissar, ich brauche keine Hilfe. Ich will keine Hilfe."

„Sie haben es schwer gehabt", antwortete Olsen vorsichtig. „Natürlich weiß ich nicht alles."

„Was wissen Sie überhaupt schon von dem, was hinter mir liegt und was vorbei ist. Und was Sie auch übrigens nichts angeht."

„Sie haben recht", antwortete Olsen, so sanft es ging. „Es gibt aber leider Dinge zu besprechen, die für meine Arbeit von Wichtigkeit sein könnten."

„Was geht Ihnen meine persönliche Lage an? Werde ich beschuldigt, etwas Unrechtes getan zu haben?"

Der Hauptkommissar spürte die Abwehr. Es schien sehr schwierig, Kontakt mit ihr zu bekommen.

„Es ist mein persönlicher Wunsch, Ihnen zu helfen", begann er wieder, indem er sich ein wenig vorbeugte, Petra Bertholds Gesicht näher ins Auge fasste. „Ich bedaure tief den Tod Ihrer Tochter. Mein Mitgefühl", murmelte er.

Sie schloss die Augen. „Das ist eine Angelegenheit, die mich nichts angeht. Es geht mich alles nichts mehr an", sagte sie abweisend.

Der Hauptkommissar stand auf und ging auf sie zu. Seine Stimme wurde energisch, bekam einen härteren Klang. „Ich möchte, dass Gerechtigkeit ist, dass der Mörder Ihrer Tochter gefasst wird, seiner Strafe nicht entgeht. Ich bin dazu da, dass es geschieht! Bin dazu da, Ihnen zu helfen, soweit ich das kann." Olsen, dicht vor ihr stehend, sah zum ersten Mal die Farbe ihrer Augen, sie schimmerten tiefblau. „Frau Berthold, wollen Sie mir dabei helfen? Um der Gerechtigkeit willen!"

Petra Berthold senkte den Kopf, hob ihre Hände, legte ihr Gesicht hinein. Wie gequält stieß sie Worte hervor: „Ich will von ihr nichts mehr wissen! Sie hat mich verlassen, als ich in Not war. Sie hat mir nicht zur Seite gestanden gegen meinen geschiedenen Mann, diesen Trunkenbold Schröder. Sie ist einem Wahn nachgelaufen. Ich habe alles verloren, Gott und die Gerechtigkeit haben mich verlassen. Hat das Leben noch einen Sinn für mich?" Petra Berthold sah den Hauptkommissar beinahe geringschätzig an. „Sie wollen mir helfen?" Ihr Zorn, oder was immer es war, ging in Selbstmitleid über und trieb ihr die Tränen in die Augen.

Obwohl sie das alles mit großer Bitterkeit herausgestoßen hatte, gab der Hauptkommissar nicht auf. Er glaubte an die Möglichkeit, diese bedauernswerte Frau aus der Tiefe ihrer Verlassenheit herauszuheben, sie umzustimmen, sie vielleicht zu einer wichtigen Zeugin der Mordsache zu machen. Es war nichts weiter als ein Gedanke, ein Wunsch, wie er ihn schon unzählige Male in seiner Praxis bei Vernehmungen gehegt hatte.

„Die Frage nach dem Sinn des Lebens ist auch gleichzeitig die Frage nach dem Sinn des Todes, Frau Berthold."

Sie verbarg noch immer ihr Gesicht hinter vorgehaltenen Händen. Ihre fast unmerklich verneinenden Kopfbewegungen schienen der Ausdruck tiefster Gleichgültigkeit.

„Vielleicht lässt sich ergründen, weshalb Ihre Tochter Sie verlassen hat. Wir wollen versuchen dahinter zu kommen. Bitte versetzen Sie sich in meine Lage", sagte Olsen mit werbender Stimme. „Ich suche einen Mörder, von dem ich nicht weiß, wer er ist, wie er aussieht und", beinahe nur geflüstert, „warum er Ihre Tochter getötet hat. Was immer zwischen Ihnen und Ihrer Tochter vorgefallen sein mag, Sie sind die Mutter! Wie können Sie nicht wollen, dass der Mörder Ihres Kindes der Gerechtigkeit zugeführt wird."

Petra Berthold nickte verhalten. Sie atmete tief. Sie deutete zum ersten Mal die Bereitschaft zu einem, wie der Hauptkommissar hoffte, positiven Dialog an.

„Ich bin bereit, Ihnen zu antworten", sagte sie mit einer gewissen erzwungenen Festigkeit.

Olsen legte sein Notizbuch auf den Tisch. „Das wäre wünschenswert", erwiderte er verbindlich.

„Was wollen Sie wissen? Wo soll ich anfangen?"

Es war ihr rauer Ton, der den Hauptkommissar zur Vorsicht mahnte. Nur jetzt keinen Fehler machen, dachte er. Sie nur nicht zu einer Antwort drängen, die sie vielleicht schon im nächsten Augenblick bereuen würde, sie womöglich wieder in ihre Lethargie oder gar Depression versinken lassen könnte. Soweit glaubte er, ihren psychischen Zustand zu erkennen.

„Beginnen Sie mit dem, was Ihnen am liebsten ist. Erzählen Sie, was Ihnen am leichtesten fällt."

Petra Berthold öffnete den Mund, aber nur ein wenig, denn schon flog ihre Hand hoch, um ihn zu bedecken. Ihr Gesicht verdüsterte sich.

„Was mir am liebsten ist, davon möchte ich nicht sprechen."

Olsen vermied es, ihrem Blick zu begegnen. Er ahnte jenen unsichtbaren Vorhang, den sie soeben rasch fallen ließ vor dem, was ihr einstmals das Liebste gewesen, Glück bedeutet haben mochte und was in dieser einen Sekunde der Erinnerung aufgeleuchtet hatte.

„Man sagt", begann sie ruhig, „der Blitz schlägt nie zweimal an derselben Stelle ein. Das ist nicht wahr. Mir ist es widerfahren. Ich habe zuerst meinen Sohn und nun auch noch die Tochter verloren. Und ich habe auch meinen Mann, meinen ersten Mann, den Vater meiner Kinder, verloren. Auch er ist ein Mordopfer. Oder ist es nicht Mord, wenn ein Betrunkener sich in ein Auto setzt und einen Menschen überfährt?"

Ihre Stimme bebte. „Ein lieber, guter Mann, ein lieber, guter Vater seiner Kinder. Drei Jahre später starb mein Sohn. Er war genau sechzehn Jahre alt. Und nun Kerstin! Ermordet! Niemand weiß warum, schrieb die Zeitung."

Olsen nickte stumm. Es war überaus bedrückend, äußerst schmerzlich, von der Tragödie dieser Familie aus den Mund dieser fünfundvierzigjährigen Frau zu hören.

Sie wandte sich von ihm ab, schaute wie verloren aus dem Fenster. „Es war immer mein Traum gewesen, mit Mann und Kindern in einem eigenen Haus zu wohnen, mit einem Garten dahinter. Dieses Glück kam damals dann auch unverhofft zu uns. Wir erbten dieses kleine Haus hier. Drei Jahre später starb mein Mann."

Träume werden nicht alt, dachte Olsen. „Wenn ich Sie unterbrechen darf", warf er ein, „ich müsste hauptsächlich über Ihre Tochter Kerstin Näheres wissen."

„Noch nicht", widersprach sie resolut. „Bevor ich von Kerstin rede und wenn das dann überhaupt noch notwendig ist, muss erst von Rolf geredet werden. Das gehört dazu!"

Rolf... was sollte das? In Olsens Gedanken zwängte sich ein Kinderbuch, bemalt mit Buntstiften und den mit kindlicher, ungelenker Schrift gezeichneten Namen Rolf Berthold.

„Zwischen diesen beiden gibt es, gab es", verbesserte sie, „ein unsichtbares Band, eine Schicksalsfügung, die, ich kann es nicht näher erklären, mit Jürgens Tod den Anfang nahm und nun mit Kerstins Tod endete."

Von sogenannten Schicksalsfügungen hielt der Hauptkommissar prinzipiell nicht viel. Genaugenommen überhaupt nichts. Vom Zufall schon eher, der hatte nicht selten bei der Aufklärung von Verbrechen seine sonderbaren und bemerkenswerten Rollen gespielt. Olsen räusperte sich.

„Wie soll ich das verstehen, mit dem unsichtbaren Band, wie Sie sagen. Mit Rolfs Tod damals und Kerstins Ermordung in diesen Tagen?"

„Ich kann es mir nicht erklären, Herr Hauptkommissar, mein Gefühl sagt mir, dass Kerstins Tod mit Rolfs Rauschgiftsucht zu tun hat."

Olsen stutzte. „Rauschgiftsucht, sagen Sie. Sie meinen, er starb an den Folgen seiner Sucht?"

„Nein, nicht so, viel schlimmer! Rolf war damals, er war noch in der Schule, wollte sein Abitur machen, in eine Clique reingeraten. Erst waren es nur Joints. Aber das rauchten viele, mehr oder weniger regelmäßig. Aber irgendwann mussten sie auf den Gedanken gekommen sein, die härteren Sachen auszuprobieren. Ich habe nie etwas bemerkt, habe die Zusammenhänge erst nach Rolfs Tod erfahren. Niemand wusste, wie die Schüler an das Heroin kamen. Und angeblich ist es auch nie ermittelt worden. Dabei gab es einen Beweis."

Petra Berthold erhob sich jäh vom Sofa. Sie trat an den kleinen Eckschrank, zog die unterste Schublade heraus und entnahm ihr einen Briefumschlag. Ihre Hände zitterten, Tränen traten in ihre Augen. Mit bebender Stimme überreichte sie den Briefumschlag Olsen.

„Sehen Sie selbst nach, ich kann es nicht mehr. Es ist das letzte Foto, auf dem mein Sohn zu sehen ist. Am nächsten Tag war er tot. Sehen Sie es sich genau an und Sie werden verstehen, was ich meine."

Im Briefumschlag lag ein Foto. Der Hauptkommissar trat an das Fenster, schob die Gardine zurück. Es war die Vergrößerung einer Kleinbildkamera, ein etwas verwackeltes Bild im Format sechs mal neun.

„Es wurde heimlich aufgenommen, durch einen Spalt in der Jalousie der Drogerie hier in Hagen. Herr Walter, der Inhaber, hat es gemacht, er hatte das Treiben dort schon längere Zeit beobachtet. Er gab mir drei Abzüge. Einen davon übergab ich später der Polizei", flüsterte Petra Berthold, so als offenbare sie ein Geheimnis, zu dessen Verschwiegenheit sie sich selbst verpflichtet hatte.

Nein, kein schreckliches Andenken und wohl kaum als solches gedacht.

In einer Außennische, einer Wand aus Klinkersteinen, dem typischen Gemäuer alter, amtlicher Gebäude, über dem Eingang am entfernten Seitengiebel war undeutlich die Bezeichnung Gymnasium zu erkennen, stand ein schmalhüftiger, hochaufgeschossener Jugendlicher. Deutlich zu erkennen war, dass er in der ausgestreckten Hand Geld hielt, das er einem ihm gegenüberstehenden Mann hinhielt. Selbst auf dem verwackelten Foto wurde deutlich, dass dieser Mann angespannt und wie auf dem Sprung erschien. Auch er streckte die Hand aus, offensichtlich um dem Jungen eine Gegenleistung für das Geld zu geben. Der Mann war groß und von kräftiger Statur. In unmittelbarer Nähe stand ein Opel älteren Baujahrs mit offener Fahrertür, dessen Nummernschild aber nicht zu erkennen war.

Olsen erstarrte innerlich. Auf dem Foto war für ihn deutlich eine Szene erkennbar, die er selbst schon im Verlaufe seiner Polizeitätigkeit erlebt hatte. Hier übergab ein Dealer seine Ware an einen Kunden. Dabei schien es ihn nicht zu stören, dass dieser Kunde noch ein Kind war. Nicht zu übersehen war, dass dieser Mann um seine eigene Sicherheit sehr besorgt war.

„Was ist passiert?", fragte der Hauptkommissar mit trockener Kehle. „Eine Überdosis?"

„Nein, das Heroin war mit Strychnin gestreckt. In diesem Fall mit einer tödlichen Dosis. Genaueres habe ich nie erfahren. Auch der Dealer wurde trotz des Fotos nie ermittelt. Ich hatte den Eindruck, dass man sich damals auch nicht viel Mühe damit machte", schloss sie bitter.

Sie setzte sich wieder in ihre Sofaecke. „Sechzehn Jahre ist das jetzt her."

Olsen beugte sich wieder über das Foto. Er hätte gerne gewusst, aus erster Hand erfahren, wie es damals zu dieser Aufnahme gekommen war, was den Drogisten Walter veranlasst haben mochte, diesen Augenblick auf einen Film zu bannen.

„Lebt dieser Herr Walter noch?"

Petra Berthold schüttelte den Kopf. „Herr Walter, damals schon über Sechzig, ist inzwischen verstorben. Seine Drogerie hat ein entfernter Verwandter von ihm übernommen. Auch die alte Schule ist nicht mehr da, es wurde eine neue gebaut, die steht jetzt mehr zum Stadtrand hin."

Olsen hielt das Foto ins Licht.

Auf dem unteren, etwas breiteren Bildrand stand in ziemlich verblichener, dünner Bleistiftschrift das Datum: 29. April 1995, 11 Uhr.

Plötzlich stand er unvermutet und so geräuschvoll auf, dass Petra Berthold schreckhaft zusammenzuckte und sich ebenfalls impulsiv von ihrem Platz erhob. In Olsen war Erregung aufgekommen. Er hatte auf dem Foto nun etwas entdeckt, was ihm auf den ersten Blick entgangen war. Er trat abermals ans Fenster. Er konnte es nicht fassen. Es war auch beinahe nicht zu glauben. Er schloss für einen Moment die Augen, reproduzierte aus dem Gedächtnis das Bild jenes Mannes, der ihm vor drei Tagen als Beschuldigter wegen Rauschgifthandels im Kriminalamt gegenübergesessen hatte.

Der Hauptkommissar rieb sich die Stirn, als gelte es, den geringsten Zweifel zu verscheuchen. Kein Irrtum. Obgleich nur im Profil zu sehen, der Mann auf dem Foto war unverkennbar Eberhard Koschinski. Kommissar im Einbruchsdezernat und verdächtigt des Rauschgifthandels.

Der Zufall hatte dem Hauptkommissar den Schuldigen am Tod des Sohnes dieser Frau hier in die Hände gespielt. Im Grunde genommen brauchte er ihm nur die Hand auf die Schulter zu legen und zu sagen: Koschinski, ich verhafte Sie wegen des Verdachtes auf Mitschuld am Tode Rolf Bertholds. Kein Problem. Die einfachste Sache der Welt, denn Koschinski befand sich bereits in Polizeigewahrsam. Sofern er inzwischen nicht schon dem Haftrichter überstellt wurde.

Jedoch ganz so einfach ist es nicht, durchzuckte es ihn im nächsten Augenblick. Er blickte zu Petra

Berthold hinüber, die weiterhin stehengeblieben war und ihn fragend ansah.

Olsen machte eine linkische Bewegung, die nicht zu besagen schien. Der Hauptkommissar war nicht bereit, Petra Berthold etwas von seiner Entdeckung mitzuteilen. Ihr in diesem Augenblick zu sagen, dass er den Schuldigen am Tod ihres Sohnes kenne und ihn der Gerechtigkeit überliefern werde, das konnte er nicht. Dass die Gerechtigkeit ihren Lauf nehme, natürlich so sollte, so müsste es sein. Koschinski war schuld am Tod dieses Jungen. Daran gab es nichts zu zweifeln. Weder für ihn, den Hauptkommissar, als Vertreter des Gesetzes, weder für diese leidgeprüfte Mutter noch für jeden anderen vernünftig denkenden Menschen. Aber, so fragte sich Olsen, nachdenklich geworden, würde man einen Staatsanwalt finden, der diesen Koschinski wegen einer Schuld am Tod dieses Jungen anklagte? Wegen Rauschgifthandels, ja, aber sonst? Wegen Mord? Wegen Totschlag? Kaum.

Am Fenster stehend, behielt der Hauptkommissar zu Petra Berthold, die sich nun wieder auf dcm Plüschsofa niedergelassen hatte, Distanz.

„Kerstin", flüsterte sie, „hing sehr an ihrem großen Bruder und er liebte sie auch. Sie waren unzertrennlich. Eine solche Geschwisterliebe habe ich noch nie bei anderen Kindern beobachtet." Petra Berthold bedeckte ihr Gesicht mit den Händen. Olsen sah, sie gab sich ganz der Vergangenheit hin.

Der Hauptkommissar fragte nicht, ob er das Foto behalten dürfe. Unauffällig legte er es in sein

Notizbuch. Er blätterte darin, als suche er etwas, aber es war nichts weiter als eine Geste der Verlegenheit. Er hatte in diesem Augenblick einfach keine Worte, weder passende Worte des Mitgefühls und des Trostes, noch Worte, einen Übergang zu finden vom Tod des Sohnes zum Mord an der Tochter.

Einer solchen Situation hatte er in seiner Kriminalistenlaufbahn noch nie gegenübergestanden.

Kerstin Berthold, Rolf Berthold.

Gedanken tauchten auf, bestimmte Möglichkeiten. Die Verbindung zwischen beiden Verbrechen musste sich in Koschinski verkörpern. Das schien Olsen klar, aber das konnte er noch nicht richtig deuten.

„Frau Berthold", begann er, „Sie hatten vorhin, als ich Sie nach Ihrer Tochter befragen wollte, geantwortet: Noch nicht, zuerst muss von meinem Sohn berichtet werden. Das ist geschehen."

Sie nickte zustimmend, machte eine Art abschließende Handbewegung. „Ja, das ist wohl erledigt", sagte sie kaum hörbar.

„Also zu Ihrer Tochter."

„Was ist damit?", fragte Petra Berthold etwas verstört.

„Ich hätte gerne gewusst... Doch halt, zuvor noch diese Frage: Sie hatten vom Drogisten Walter drei Fotoabzüge erhalten. Einen hatten Sie, einen haben Sie damals der Polizei übergeben. Wo ist denn das dritte Foto geblieben?"

Sie senkte den Kopf und erwiderte rasch: „Damit sind wir ja bei Kerstin angelangt. Kerstin hat das Foto mitgenommen, als sie vor drei Jahren wegzog." Olsen hätte beinahe gefragt, so als Erinnerung von daheim, als Erinnerung an ihren Bruder? Aber er sagte schnell: „Nur einfach so?"

„Nicht einfach so. Kerstin glaubte das Foto unbedingt haben zu müssen. Vor allem nun in der Großstadt, wo sie einen Arbeitsplatz gefunden hatte. Jedenfalls, sie wollte es immer bei sich haben." Petra Berthold zuckte die Achseln.

Der Hauptkommissar knetete in seinen Händen irgendein unsichtbares Material. „Merkwürdig oder nicht", murmelte er.

„Herr Hauptkommissar, damals, als sie das Foto unbedingt haben wollte und mir auch erklärte, was sie vorhabe, habe ich ihr geantwortet: so was Verrücktes…"

„Was hatte sie denn vor", beeilte sich Olsen zu fragen.

Petra Berthold schloss die Augen, presste ihre Handflächen gegen die Ohren, so als wolle sie in Gedanken auftauchende Bilder und darin vorkommende Stimmen weder sehen noch hören. „Sie können sich denken, Herr Hauptkommissar, dass damals auch Kerstin, die gerade fünf geworden war, von dieser schrecklichen Geschichte gehört hatte. Immer wieder kam sie darauf zurück, fragte, wie Kinder es tun, nach Einzelheiten. Ich habe, solange sie noch Kind war, nie mit ihr darüber gesprochen. Aber weder vorher noch hinterher konnte sie vergessen, dass ihr über alles geliebter Bruder einen so schrecklichen, schmachvollen Tod gefunden hatte."

Der Hauptkommissar nickte unmerklich. Für ihn war das Geheimnis der Glaskugel damit enthüllt.

„Und so hatte sich, anders kann es nicht gewesen sein", fuhr Petra Berthold fort, „bei Kerstin im Laufe der Zeit ein Rachegefühl entwickelt, der Wille, den Schuldigen am Tod ihres Bruders aufzuspüren. Kerstin nannte ihn stets einen Mörder." Sie machte eine Pause. „Eine Wahnidee, meinen Sie nicht auch?"

Olsen antwortete nicht darauf. „Haben Sie jemals von Ihrer Tochter gehört, dass sie eine Spur dieses Mannes entdeckt habe?"

„Nein, nichts davon. Ich habe überhaupt nie mehr, seit sie von hier weggezogen ist, etwas von ihr gehört. Ich sagte es schon, wir sind in Unfrieden auseinander gegangen."

Petra Berthold stand auf, strich sich den Rock glatt und sagte mit Trauer und Resignation in der Stimme: „Ich denke, nun wissen Sie alles, was Sie wissen wollten, Herr Hauptkommissar."

„So ziemlich alles", erwiderte Olsen mit einer leichten Verbeugung. „Eine allerletzte Auskunft, bitte: Sie kennen vielleicht die Adresse des Betriebes, in dem Ihre Tochter als Sekretärin gearbeitet hat?"

„Kenne ich", erwiderte Sie gleichgültig. „Wenn Sie notieren wollen: Hafenkontor AG, Im Hafen 6."

*

„Wir machen Fortschritte!"

Dieser optimistische Ausspruch des Hauptkommissars ging, als er das Dienstzimmer betrat, seinem sonst üblich kurzen Morgengruß voraus. Es war der vierte Tag, seit man sich mit der Mordsache Kerstin Berthold befasste.

„Setzen wir uns zusammen", sagte Olsen gutgelaunt. „Was haben wir in der Hand. Was hat jeder von uns erreicht, sofern er was erreicht hat, versteht sich." Er sah Kriminalobermeister Schulzendorfer auffordernd an. „Ist alles so verlaufen, wie wir es abgesprochen haben?"

Schulzendorfer nickte zustimmend. „Ich denke schon. Außerdem, ich glaube…"

„Was glaubst Du?", fragte der Hauptkommissar.

„Dass da was Wichtiges abläuft, meine ich." Schulzendorfer reckte sehr selbstsicher seinen Hals. „Ich bin da auf eine sehr wichtige Spur gestoßen. Es könnte die Lösung des Falles bedeuten."

„Na, na", brummte Olsen skeptisch. „Du warst doch gar nicht unterwegs. Du hattest doch Telefondienst den ganzen Tag".

„Das Glück bevorzugt anscheinend nicht immer den Tüchtigsten. Im Kämmerchen sitzen und Däumchen drehen bringt mitunter auch etwas Gutes."

Olsen beäugte misstrauisch seinen Kriminalobermeister und murmelte: „Hoffentlich." Er erhob sich, stellte sich hinter die Stuhllehne und sagte bedächtig: „Ich habe aus Hagen einiges mitgebracht, was Dich nicht weniger in Erstaunen versetzen wird. Aber zuerst mal Du. Los, berichte."

Kriminalobermeister Schulzendorfer sah seinen Vorgesetzten selbstbewusst an. Unverkennbar sein Stolz, dem Hauptkommissar etwas sehr Wichtiges berichten zu können. Er schlug den vor ihm liegenden Aktendeckel auf und nahm, wie der Hauptkommissar sogleich erkannte, das Formular einer Zeugenvernehmung in die Hand.

„Wenn ich nicht irre, dann ist da jemand zu Dir gekommen und hat sozusagen die Spur frei Haus geliefert", sagte Olsen.

„Könnte man so sagen. Und zwar der Buchhalter von der Hafenkontor AG. Der Mann, in dessen Büro Kerstin Berthold als Sekretärin gearbeitet hat. Gerald Dankert heißt der Zeuge. Er ist neunundvierzig Jahre alt, ein seriös wirkender Mann, ein durchaus glaubwürdiger Zeuge, wie ich ihn einschätze."

Olsen nickte anerkennend. „Gut, rede weiter."

„Ich zitiere, was Dankert zu Protokoll gegeben hat", sagte Schulzendorfer. „Ich habe mir, nachdem ich von Kerstin Bertholds Ermordung in der Zeitung las, einige Gedanken gemacht. Ich kam schließlich zu der Ansicht, dass das, was ich eines Tages, es ist vielleicht acht oder zehn Tage her, auf dem Hafengelände beobachtete, für die Polizei von Wichtigkeit sein könnte."

„Und das war es auch. Ein außergewöhnlicher Zufall", unterbrach sich Schulzendorfer selbst.

„Zufall?" Olsen sah zweifelnd auf.

„Und ob", sagte Schulzendorfer. „Der Zufall war, beziehungsweise hat, den Namen Koschinski. Was sagst Du jetzt."

„Donnerwetter!" Olsen zupfte an seinem Ohrläppchen. „Donnerwetter", wiederholte er. „Was hat der Buchhalter mit Koschinski zu tun?"

„Ich zitiere weiter, was Dankert ausgesagt hat", erwiderte Schulzendorfer. „Ich war eines Tages mit Kerstin Berthold zwecks Frachtkontrolle zu den Lagerspeichern gegangen. Auf dem Hafengelände begegneten wir Kommissar Koschinski. Noch bevor Frau Berthold in meinem Büro arbeitete, hatte ich im Zusammenhang mit einigen Diebstählen auf dem Hafengelände mit dem Kommissar zu tun gehabt. Als Frau Berthold ihn sah, rüttelte sie mich plötzlich am Arm und fragte mich erregt, so jedenfalls schien es mir, wer dieser Mann sei, ob ich ihn näher kenne, wie er heiße und wo er wohne. Ich nannte seinen Namen und seine Dienststelle. Mehr wusste ich ja nicht. Ich konnte mir Frau Bertholds aufgebrachtes Verhalten angesichts dieser Begegnung mit dem Kommissar Koschinski nicht erklären."

Schulzendorfer hob den Kopf von seinem Ordner und sah Olsen nach, der während des Berichtes nicht stillstehen konnte. Abrupt blieb der Hauptkommissar jetzt stehen. Äußerlich war ihm seine

Unrast und Aufregung nicht anzusehen und doch bebte er von innerer Spannung.

„Kerstin Berthold begegnet Koschinski! Begreifst Du, was das bedeutet?"

Kriminalobermeister Schulzendorfer nickte. „Es könnte mit Rauschgift zu tun haben. Irgendwie hing die Berthold da mit drin."

„Nein, Du kannst nicht wissen, was es bedeutet. Nicht, bevor Du meinen Bericht kennst, von dem, was ich in Hagen bei der Mutter von Kerstin Berthold entdecken konnte." Der Hauptkommissar nahm aus seiner Tasche jenes Foto, legte es auf den Tisch und deckte es mit der Hand zu. Dann berichtete er kurz, was Petra Berthold zu diesem Foto erklärt hatte und was die Gedanken und der Plan ihrer Tochter dazu waren. „Und jetzt das Foto." Er hielt es hoch. „Sieh es Dir an und sage mir dann, was Dir daran auffällt."

Kriminalobermeister Schulzendorfer nahm das Foto und ging damit ans Fenster. Er betrachtete es, wie der Hauptkommissar zufrieden feststellte, sehr aufmerksam. Dann nickte er mit zusammengepressten Lippen.

„Nun?", fragte Olsen.

„Koschinski! Dieses Schwein!"

Mit einem Schlag waren alle Theorien über einen mutmaßlichen Mörder ausgeräumt. Beide hatten keinen Zweifel mehr, dass Koschinski der Mörder Kerstin Bertholds war. Die Frage war nur die Beweisführung.

„Wir werden uns Koschinski wieder in eigener Regie vornehmen müssen. Oberkommissar Möller wird nichts einzuwenden haben, wie ich mir denken kann."

„Ich auch nicht, wenn Du ihn mir überlässt", sagte Schulzendorfer unzweideutig.

„Du veranlasst, dass wir nach der Mittagspause diesen Koschinski hier vor uns haben. Diesmal werden wir ihn wegen Mordverdachts vernehmen. Geh gleich zu Möller hinauf."

Langsam löste sich aus ihren Gesichtern eine gewisse Spannung. Mit Zufriedenheit sah man dem Erfolg entgegen.

„Da gibt es eine Lücke, die wir vermutlich nie ausfüllen können", sagte Olsen. „Wir werden nie genau erfahren, was Kerstin Berthold gegen den Mann unternahm, der für sie der Mörder ihres Bruders war. Was tat sie, als sie ihn fand? Von Koschinski werden wir in dieser Hinsicht nicht allzu viel zu erwarten haben. Der wird manches abstreiten, sich Antworten ausdenken."

„Das Foto sagt doch alles", meinte Schulzendorfer.

„Ja, schon, aber wo ist der Abzug, den Kerstin Berthold in ihren Besitz hatte und der, wie wir wissen, aus dem Fotoalbum verschwunden ist?"

„Ist doch klar, der Mörder, Koschinski, hat ihn an sich genommen, nachdem er Kerstin Berthold getötet hatte. Wie das zuging, werden wir noch näher klären müssen." Kriminalobermeister Schulzendorfer verhielt kurz und erläuterte dann seine Ansicht mit fester Stimme weiter.

„Koschinski ermordete die Berthold, weil er das Foto haben wollte und vielleicht gab sie auch zu verstehen, dass sie von seinen heutigen Drogengeschäften wüsste."

„Wusste sie wirklich etwas davon?" Olsen schüttelte den Kopf. „Ich kann es mir nicht denken."

Schulzendorfer erhob sich. „Ich gehe zu Oberkommissar Möller hinauf. Kaum zu glauben, welche Wende der Fall genommen hat", sagte er vor sich hin.

Ja, dachte der Hauptkommissar. Wer hätte gedacht, dass es so ausgeht. Da saßen wir einem Mörder gegenüber, ohne zu wissen, dass er es war, den wir bald darauf fieberhaft suchten. Er stand einfach nicht auf unserer Liste, sann Olsen weiter. Und ehrlich gesagt, wer überhaupt. Aber wir haben ihn jetzt, zum Glück. Der Hauptkommissar nickte zufrieden vor sich hin.

Die Tür wurde aufgerissen, und Schulzendorfer kam wie gehetzt herein. „Es ist nicht zu fassen. Vor anderthalb Stunden hat Oberkommissar Möller den Koschinski entlassen, entlassen müssen, wie er mir sagte."

Olsen sprang auf. „Los! Ich beschaffe eiligst einen Haftbefehl und eine Durchsuchungserlaubnis. Wir treffen uns beim Wagen in…", Olsen sah auf die Uhr. „In zwanzig Minuten."

\*

Sie hatten sich rechts und links vor die Wohnungstür gestellt, wie üblich bei Festnahmen. Schulzendorfer drückte den Klingelknopf.

Eberhard Koschinski öffnete und starrte die
Kriminalbeamten an. Er stand breitbeinig, wuchtig,
massiv in seiner Wohnungstür.

Sein Blick wanderte von Gesicht zu Gesicht.

„Sie haben doch hoffentlich einen Durchsu-
chungsbefehl mitgebracht", sagte er arrogant.

„Und einen Haftbefehl dazu", ergänzte Schulzendorfer und drückte den verblüfft dreinschauen-
den Koschinski nicht gerade sanft in den Korridor
zurück.

„Eberhard Koschinski, ich verhafte Sie wegen
Verdacht des Mordes an Kerstin Berthold", sagte
Olsen eisig.

Koschinski versuchte zu lächeln, aber es
misslang, sein Mund bekam nur ein schiefes Aussehen. „Wohl wieder ein Witz Ihrer Sorte, Hauptkommissar, wie neulich." Er hob sein Kinn. „Falls
Sie es noch nicht wissen sollten, ich wurde vor etwa zwei Stunden von Ihrem Kollegen Möller frei-
gelassen, ohne Kaution, ohne irgendwelche Aufla-
gen. Es liegt einfach nichts gegen mich vor, Hauptkommissar Olsen."

„Irrtümer lassen sich nicht immer vermeiden",
erwiderte Olsen schroff. Er gab Schulzendorfer

einen Wink. „Zeig dem Mann den Haftbefehl, damit er klarsieht."

Koschinski nahm den Haftbefehl in die Hand, und während er las, verdüsterte sich zusehends sein Gesicht. „Das muss ein Irrtum sein. Ich protestiere!"

„Reden Sie nicht so viel, zeigen Sie uns Ihre Wohnung", sagte der Hauptkommissar zwingend.

„Sie können sich setzen und zuschauen oder auch stehenbleiben", erklärte Schulzendorfer dem noch immer wie verdattert dreinblickenden Koschinski.

Olsen begann sich im geräumigen Wohnzimmer umzusehen, während sich Schulzendorfer den Schrank vornahm.

„Waren Sie mal bei der Marine?", fragte Schulzendorfer kurze Zeit später.

„Ja, warum?"

„Sie haben hier eine Menge Knöpfe, offensichtlich von Uniformen. Darunter auch welche aus Messing mit einem Anker darauf, wie bei der Marine üblich."

„Ich habe bei der Marine gedient, es bis zum Obermaat gebracht."

„Interessant", mischte sich jetzt Olsen ein. „Dann wissen Sie ja bestimmt, was ein Palsteg ist, diese seemännisch geknüpfte Schlinge."

„Was wollen Sie eigentlich", erwiderte Koschinski feindselig. Seine Lippen wurden zwei Striche.

„Werden Sie noch hören", parierte Schulzendorfer. „Es kommt eins zum anderen, bis die Schlussakte für den Staatsanwalt fertig ist. Darauf können Sie sich verlassen."

„Lächerliches Zeug, was Sie da reden." Koschinski bemühte sich, Forsche herauszustellen.

Ein Stapel Bücher regte Olsen an, näherzutreten.

„Wo haben Sie denn Ihr Fotoalbum? Oder besitzen Sie so etwas nicht?"

„Selbstverständlich", beeilte sich Koschinski zu antworten. „Aber gewiss doch." Dann jedoch ziemlich unsicher: „Ich weiß nicht, was Sie meinen, was diese ganze Fragerei soll."

Olsen antwortete nicht. Wo mochte er das bewusste Foto haben? Durchaus möglich, sinnierte er, dass Koschinski nach der Tat sofort nach Hause gegangen ist, um das Foto zu verbergen oder auch es vorerst nur abzulegen. Aber wo? Von seiner Festnahme bis genau den zwei Stunden seit seiner Entlassung durch Oberkommissar Möller war ihm nicht viel Spielraum dafür geblieben. Wo also war das Foto, der schlüssige Beweis seines Verbrechens?

In diesem Augenblick hatte Schulzendorfer einen Briefbeschwerer in die Hand genommen. Einen Löwenkopf aus Messing, auf einer viereckigen schwarzen Marmorplatte befestigt. Ein wuchtiges Stück. Der Kriminalobermeister wog es spielerisch in der Hand. Mehr als ein Kilo, sagte er sich. Dann sah er, was der Briefbeschwerer bedeckt, verdeckt hatte und das der Hauptkommissar unbedingt zu finden hoffte.

„Schau doch mal hier!"

Olsen nahm das Foto, betrachtete es kurz und sagte schärfer zum zweiten Mal zu Koschinski: „Eberhard Koschinski, ich verhafte Sie wegen Verdacht des Mordes an Kerstin Berthold."

\*

*Geständnis des Eberhard Koschinski*
*Aus dem Protokoll:*

Kerstin Berthold, die ich vordem nicht gekannt und noch nie gesehen hatte, suchte eines Tages in den frühen Abendstunden aus einem mir bis dahin unbekannt gebliebenen Grund meine Bekanntschaft. Und zwar in einer ungewöhnlichen, ja merkwürdigen Weise, die ich mir auf Anhieb nicht erklären konnte.

Sie erzählte mir, dass sie in der Nähe arbeitet und mich schon oftmals gesehen hatte und dass sie gerne mit mir ein Stück durch die Hafenanlage gehen würde. Was ich dann auch tat. Schließlich war sie ja ein hübsches, zierliches Ding. Ich machte mir so meine Gedanken.

An den beiden nächsten Tagen, etwa um die gleiche Zeit herum, näherte sie sich mir abermals und fragte mich ziemlich naiv, ob ich sie ein Stück begleiten würde. Jetzt kam mir die Sache fast wie ein Auflauern vor.

Am Dienstag, dem zwanzigsten März, abermals in der frühen Abendstunde, tauchte sie wieder unvermutet an meiner Seite auf. Diesmal wurde daraus ein längerer Spaziergang. Bis zu der Straße, in der sie wohnte, bis zur Haustür Uferweg zwölf.

Unterwegs und anfänglich redete sie kaum, mehr belangloses Zeug, vom Wetter und so. Doch dann, plötzlich, mit einem Mal, blieb sie unvermittelt stehen, hielt mich sogar am Ärmel fest und schrie mich fast an: Ich sei der Mörder ihres Bruders, was sie durch ein Foto unwiderlegbar beweisen könne. Sie würde es mir zeigen, falls es mich interessiere, bevor sie es mit einer Anzeige gegen mich dem Staatsanwalt vorlegen würde.

Ich habe das alles nicht ernst genommen, ihre Anschuldigung für eine glatte Erfindung gehalten, sie ausgelacht. Ich hatte ja auch keinen Grund, ernsthaft darüber nachzudenken. Ist zusammengesponnenes Zeug, sagte ich mir, nur zu dem Zweck ausgetüftelt, um mich in ihre Wohnung zu locken. Die Kleine war auf ein Abenteuer aus. Sie war, wie es mir schien, versessen auf Liebe. Genau das, sagte ich mir.

Und so ging ich auf ihren Vorschlag ein, mir in ihrer Wohnung jenes Foto anzusehen, das sie mir bis dahin noch mit keinem Wort beschrieben hatte. Diese Verabredung kam noch am gleichen Abend kurz vor ihrer Haustür zustande.

„Warten Sie auf der gegenüberliegenden Straßenseite, bis in meiner Wohnung im dritten Stock Licht angeht. Dann kommen Sie kurz danach herauf. Ich lasse die Wohnungstür offen", hatte sie gesagt. Ich habe mich so verhalten wie abgesprochen, habe auf der gegenüberliegenden Straßenseite eine Zigarette geraucht und bin dann unauffällig, niemand hat mich gesehen, in das Haus Nummer sieben hinein bis zum dritten Stockwerk hinaufgegangen. Kerstin Berthold hat mich an der Wohnungstür erwartet.

Was mir sofort ins Auge fiel, als ich ihr Zimmer betrat, war ein Fotoalbum. Es lag aufgeschlagen auf einem Couchtisch. Die Berthold nahm von der Kommode eine Tischlampe und stellte sie dicht neben das Fotoalbum, wo auch ihre Handtasche lag. Dann entnahm sie ein Foto im halben Postkartenformat und hielt es mir dicht vor die Augen, und zwar so dicht, dass ich es nicht genau erkennen konnte. „Zeigen Sie her", sagte ich. Sie schüttelte wie verrückt den Kopf. Ich wollte es ihr aus der Hand nehmen, um es mir genauer ansehen zu können. Sie hielt es krampfhaft fest. Sie schrie mich an: „Das kriegen Sie nie!" Dabei trat sie einen halben Schritt zurück, und das reichte für mich aus, um nun deutlich zu erkennen, was auf dem Foto abgebildet war. Zu meinem Erstaunen erkannte ich mich selbst darauf und einen mir unbekannten jungen Mann. Ich kann mir nicht erklären, wann und zu welchem Zweck, dieses Foto aufgenommen wurde. Ich erinnere mich aber daran, dass ich damals schon im geringen Umfang, nur um mein Gehalt aufzubessern, gedealt habe. Einer meiner Standplätze war in der Nähe der alten Schule. Da schrie die Berthold mich an: „Sie sind der Mörder meines Bruders! Das hier ist der Beweis! Ich werde Sie vor Gericht bringen… allen Leuten das Foto zeigen." Ich dachte, sie würde das ganze Haus zusammenschreien, dann würde vor dem Hintergrund meiner Festnahme mit dem Rauschgift die ganze

Geschichte herauskommen. Ja, ich gebe zu, ich habe gedealt und deale auch heute noch. Aber bei der Berthold habe ich einfach den Kopf verloren. Mit dem Foto in der Hand stand sie vor mir. Und sie schrie immer wieder: „Sie Mörder!" Da habe ich sie am Hals gepackt und zugedrückt, bis sie ganz still auf der Couch lag. Das Foto hatte ich ihr aus der Hand gerissen und unversehens eingesteckt. Danach bin ich in Panik aus der Wohnung und aus dem Haus gelaufen. Gegen den Vorwurf, die Tote anschließend, um einen Selbstmord ihrerseits vorzutäuschen, mit einem Strick an den Ofen gehängt zu haben, verwahre ich mich. Ich habe meiner Aussage nichts mehr hinzuzufügen."

\*

„Also Mord im Affekt", sagte Schulzendorfer, nachdem Koschinski abgeführt worden war.

„Ja", erwiderte Olsen gedankenverloren. „Aber eigentlich hätte er sie nicht zu töten brauchen. Er hatte gar keinen Grund, sie zu töten."

Schulzendorfer hob verwundert den Kopf. „Ein Mord ohne Motiv? Das gibt es doch nicht."

„Von seinem Standpunkt aus betrachtet, hatte Koschinski ein Motiv. Oder vielmehr, er glaubte ein solches zu haben. Verstehst Du?"

„Nicht annähernd, kein Wort."

Olsen stand auf und goss sich an der Kaffeemaschine einen Kaffee ein. Fast wie in Zeitlupe führte er die Kaffeetasse zum Mund und setzte sie dann ab, vorsichtig, nichts klapperte. Seine Lidspalten verengten sich.

„Genaugenommen brauchte Koschinski das Foto nicht zu fürchten. Die Geschichte von damals war längst verjährt. Aber natürlich dachte er zuerst an seinen Posten als Kommissar. Eine Anzeige durch Kerstin Berthold, egal ob wegen Mord oder Rauschgifthandel, hätte ihm im Zusammenhang mit der gerade gelaufenen Ermittlung gegen ihn fraglos großen Ärger und unter Umständen den Verlust seines Arbeitsplatzes eingebracht. Also insofern hatte das Foto schon seinen Wert für Koschinski", erklärte Olsen.

„Als jedoch Kerstin Berthold es nicht freiwillig hergeben wollte", fuhr er fort, „sich dabei von ihm abwandte, so als wolle sie von ihm fliehen, da packte er sie von hinten. Er sei durch ihre Gegenwehr so rasend geworden, dass er ihr, wie er sich ausdrückte, sinnlos unbeherrscht an den Hals ging, zudrückte, sie im Affekt getötet habe."

Olsen machte eine Pause. Er verzog sein Gesicht, wischte sich den Mund mit dem Handrücken, als hätte er soeben etwas Ungenießbares oder eine bittere Medizin eingenommen.

„Für mich war es nichts anderes als kaltblütiger Mord. Koschinski brachte das alles als Schutzbehauptung vor. Eine Taktik, die im Mordprozess auf eine Tötung im Affekt zielt. Und deswegen leugnete er so vehement, die bereits Tote zur Verschleierung seiner Tat aufgehängt zu haben", warf Schulzendorfer ein."Hätte er zugegeben, einen Strick mitgebracht zu haben, wäre ein Affekt schwer zu erklären."

„Nein, damit hat Koschinski tatsächlich nichts zu tun. Das ist das einzige, was ich ihm unbesehen geglaubt habe. Warum sollte er einen Strick dabei haben. Er hatte bislang das Foto nicht gesehen."

„Aber wer…"? Schulzendorfer schaute verständnislos.

„Komm mit. Wir fahren noch einmal zum Tatort. Ich hatte die ganze Zeit so eine Ahnung."

\*

Im Uferweg herrschte eine himmlische Ruhe. In den Bäumen zwitscherten die Vögel. Das Gras der Vorgärten schimmerte im schräg einfallenden Sonnenlicht und über der ganzen Szenerie wölbte sich ein wolkenlos blauer Himmel.

Nicht zu glauben, dass hier erst vor wenigen Tagen ein Menschenleben auf so grausame Weise beendet wurde, dachte Olsen beim Aussteigen. Er drückte an der Haustür auf den Knopf neben den Namen Luise Schulz, wohl wissend, dass sie zu Hause sein müsste.

Langsam stiegen die beiden Kriminalbeamten die Treppe hinauf. Schulzendorfer schaute immer noch von der Seite her skeptisch auf den Hauptkommissar. Olsen war während der kurzen Fahrt nicht bereit gewesen, dessen Fragen zu beantworten.

Luise Schulz stand in ihrer offenen Wohnungstür und schaute mit offenem Mund den beiden nach. Olsen hatte ihr im Vorbeigehen nur knapp zugenickt.

Im dritten Stock blieb Olsen sekundenlang vor der Wohnungstür Kerstin Bertholds stehen. Dann drehte er sich herum und klingelte an der gegenüberliegenden Wohnungstür.

Es war fast so, als hätte Frank Krüger hinter der Tür bereit gestanden. Mit grauem Gesicht und hängenden Schultern stand vor den Kriminalbeamten.

„Kommen Sie herein. Ich habe Sie schon erwartet", sagte er mit leiser Stimme.

„Nach Ihnen", entgegnete Olsen und folgte dem ins Wohnzimmer schlurfenden Mann.

„Meine Frau ist nicht zu Hause, ich hebe mir ein paar Sachen eingepackt... Sie wissen schon...", stammelte Frank Krüger etwas zusammenhangslos und schaute hilflos um sich.

„Setzen wir uns doch erst einmal und dann erzählen Sie uns alles in Ruhe und der Reihe nach."

Krüger nickte beklommen und begann leise mit brüchiger Stimme. „Frau Berthold und ich lernten uns einige Zeit nach ihren Einzug in unser Haus kennen. Sie lebte ja ziemlich zurückgezogen und es war ein Zufall, dass wir uns auf der Treppe begegneten. Wir unterhielten uns, ohne zu merken, wie die Zeit verstrich. Ich stellte fest, dass wir beide, Kerstin, ich meine Frau Berthold, und ich uns für Horoskope und Esoterik interessierten. Daraufhin trafen wir uns öfter. Ich lieh ihr meine Zeitschriften, erstellte auch mal ein persönliches Horoskop für sie. Im Laufe der Zeit kamen wir uns auch persönlich näher. Ich glaube, es war eine Art Seelenverwandtschaft, die dazu führte. Wir unterhielten uns jetzt auch über andere Themen. Dabei stellte sich heraus, dass Frau Berthold nicht recht glücklich mit ihrem Verlobten war. Er kam zu der Zeit auch immer seltener und es schien ernste Zerwürfnisse zwischen den beiden zu geben. Kerstin und ich, wir unterhielten uns meistens mittwochs, da an diesem Tag meine Frau sich regelmäßig mit einem

202

Ehepaar aus der Nachbarschaft zum Fernsehen traf. Mich interessiert Fernsehen nicht, so dass ich gewöhnlich an diesem Abend aus dem Haus ging. Spazieren, auch mal auf ein Bier in die Eckkneipe. Es gab zwar nichts zu verheimlichen, aber wie meine Frau so ist, ich wollte sie nicht beunruhigen.

Manchmal nahm ich zu unseren Treffen eine Flasche Wein mit. So auch jenes Mal, an dem es passierte."

„Was passierte?", entfuhr es Kriminalobermeister Schulzendorfer, der der Erzählung bislang wie gebannt gelauscht und manchmal Olsen einen ungläubigen Blick zugeworfen hatte.

Der Hauptkommissar schüttelte unwillig den Kopf. „Reden Sie weiter", forderte er Frank Krüger auf.

Dieser hob, wie aus einer Seance erwachend, den Kopf. „Wir tranken den Wein und sprachen über Gott und die Welt", Krüger zögerte und fuhr dann fort „und auch über Seelenverwandtschaft. Plötzlich fing sie an zu weinen. Ich nahm Sie in den Arm und versuchte die Ursache ihres Kummers zu erfahren. Sie schüttelte aber immer nur den Kopf und klammerte sich an mich. Mir blieb nichts anderes, als sie zu streicheln. Wie erstaunt war ich, als sie mich dann plötzlich küsste und sagte, dass ich doch wenigsten ein Mann sei, der sie versteht. An diesem Tag schliefen wir miteinander. Aber schon ein paar Tage später, als wir uns auf der Treppe trafen, sagte sie mir, dass sie sich mit ihrem

Verlobten versöhnt hatte und dass ich den Abend vergessen solle.

„Wann war das alles?", fragte jetzt Olsen dazwischen.

„Das ist etwas drei oder vier Monate her."

„Gut, fahren Sie fort."

„Wir sahen uns daraufhin nicht mehr so häufig. Aber in der letzten Woche fing sie mich ab, als ich gerade nach Hause kam. Sie musste auf mich gewartet habe. Sie eröffnete mir, dass sie schwanger sei und das Kind nur von mir sein könne.

Ich war wie betäubt, wollte es nicht glauben. Sie drohte mit einem Schwangerschaftstest, wollte, dass ich das Kind anerkenne, und ich solle dafür zahlen.

Sie gab mir eine Bedenkzeit bis Mittwoch letzter Woche. Dann wollte sie mit meiner Frau sprechen. Reinen Tisch machen, wie sie es nannte."

Krüger verstummte. Er saß da, den Kopf geneigt, die Hände ineinander verkrampft. Schließlich hob er den Kopf und sagte dumpf: „Ich wollte Sie nicht umbringen."

Schulzendorfer starrte auf Olsen, erst jetzt begreifend.

Der Hauptkommissar legte Krüger die Hand auf die Schulter und sagte mit begütigender Stimme: „Erzählen Sie weiter."

„An die Reaktion meiner Frau durfte ich gar nicht denken, ich wollte sie doch nicht verlieren. Und das Geld, ich wollte das Boot kaufen. Wir hatten früher schon einmal ein Boot. Wie waren wir damals glücklich." Krüger wischte sich mit der Hand über das Gesicht.

„Am Mittwoch war ich am späten Nachmittag bei diesem Bootsverkäufer, Herrn Hellmann. Er wollte plötzlich mehr Geld für das Boot als bisher besprochen. Als ich dann auch etwas lauter wurde, meine Nerven lagen blank, warf er mir einen Strick zu. Ich könne ja noch nicht einmal einen Palsteg knüpfen, geschweige denn ein Boot führen, und überhaupt hätte er jetzt einen anderen Käufer, der nicht um den Preis feilsche. Er warf mir höhnisch lachend den Strick zu und sagte, den könne ich behalten, wäre doch ein Anfang für ein Boot.

Ich habe den Strick eingesteckt und bin gegangen. Unterwegs habe ich dann einen Palsteg geknüpft, nur um mir zu beweisen, dass ich es noch konnte."

Krügers Stimme wurde wieder leiser und seine Hände fuhren unruhig auf dem Tisch herum, als er weitersprach: „Zuhause ging ich leise die Treppe hoch. Ich wollte ja noch zu Kerstin, wollte sie umstimmen, zu einer Abtreibung bringen. Sie konnte doch nicht ernsthaft mein Leben zerstören wollen. An ihrer Wohnungstür wollte ich erst klingeln, als ich bemerkte, dass die Tür offen stand. Ich ging hinein und sah Kerstin auf der Couch schlafen. Sie wird schon auf mich gewartet haben. Wie kann sie nur so seelenruhig schlafen, dachte ich aufgebracht. Sie lag da, den Rücken mir zugewandt. Ich griff in meine Tasche, warum weiß ich nicht, und fühlte den Strick zwischen meinen Fingern. Plötzlich befiehl mich eine Wut auf diese Frau die da seelenruhig vor mir lag, diese Frau, die mein Leben in ihrer Hand hatte. Auf einmal hatte sie den Strick um den Hals und ich zog die Schlinge zu. Sie wehrte sich nicht."

Krüger konnte wurde von einem Schluchzen geschüttelt und konnte nicht weitersprechen. Dann gefasster: „Ich habe nicht gedacht, dass Töten so leicht ist. Als ich wieder zu Besinnung kam, lag sie tot vor mir. Um einen Selbstmord vorzutäuschen, habe ich sie dann an den Ofen gehängt."

Krügers Stimme klang fast erleichtert. „Ich habe Sie umgebracht. Den Rest wissen Sie."

„Nein", sagte Hauptkommissar Olsen. „Sie war schon tot. Aber das ändert nichts für Sie. Zu Schulzendorfer gewandt: „Bring ihn runter zum Wagen. Ich komme gleich nach."

Kriminalobermeister Schulzendorfer zog die Handfesseln aus der Tasche, aber Olsen hielt ihn zurück. „Ich glaube, die brauchst du nicht."

Alleingeblieben, verließ auch Olsen die Wohnung. Unschlüssig blieb er vor der Wohnung Kerstin Bertholds stehen. Schließlich zog er sein Bund Spezialdietriche hervor und betrat kurz darauf, wohl zum letzten Mal, die Wohnung der Ermordeten.

Wie am ersten Tag, sah er sich in der Wohnung um. Sah die Couch, sah in Gedanken Kerstin Berthold leblos darauf liegend. Sah die Handtasche auf dem Tisch, den Schaukelstuhl, die Kinderbücher und das Fotoalbum.

Seufzend wandte er sich um und ging.

Olsen zog behutsam die Haustür Uferweg 12 hinter sich ins Schloss. Er schaute in den wolkenlosen blauen Himmel und sog die frische Luft tief in die Nase.

Dann straffte er sich und stieg ins Auto, nicht ohne der am Fenster sitzenden Frau Luise Schulz freundlich zuzuwinken.

## Über Buchtalent

Die 2013 gegründete Plattform Buchtalent verknüpft auf innovative Art und Weise Self-Publishing und klassisches Verlagswesen miteinander. Die Geschäftsidee beruht auf der Erkenntnis, dass nur etwa jedes 200. bei Verlagen eingereichte Manuskript veröffentlicht wird. Dadurch entgeht vielen Verlagen die Möglichkeit, Autorentalente zu entdecken. Die Autoren ihrerseits haben nur eine geringe Chance auf eine Veröffentlichung.

Buchtalent ist eine Initiative der tredition GmbH aus Hamburg. Seit 2006 bietet tredition Autoren, Verlagen und Unternehmen Dienstleistungen und Lösungen rund um die Buchpublikation an.

tredition ist darauf spezialisiert, durch das Optimieren von Auflagenmanagement, Vertrieb und Abrechnungswesen die Erträge für Verlage, Unternehmen und Autoren zu maximieren.